神さまのいる書店·想い巡りあう秋

神居書店

回憶之秋

三萩千夜—著　緋華璃—譯

目錄

序章

讀書之秋，永不褪色的記憶

出去旅行吧。
前往我不知道的地點、我不知道的世界。
爲了親眼確認那裡有什麼，
爲了讓我走過的足跡留在新天地。
於是，我找到了……
所有人夢寐以求
美不勝收的桃花源

——摘自千夜一夜著《旅行與我的故事》

不瞞各位，我愛過一本書。
我曾經最喜歡那本書——也就是她了。

我在高三那年的秋天來臨前遇見她。

……直到十年過去的今時今日，我仍忘不了與她相遇的事。那是我有生以來第一次得知「幻本」的存在。

她是本非常美麗的書。

無論是裝幀、裡頭描寫的故事、還是「書中人」——也就是她，看在當時的我眼中皆無比耀眼。

明明已經是大人了，卻還隱約散發出少女般奔放的氣息——她的內在就是個這樣的故事——對於當時的我來說，簡直比盛夏的陽光還耀眼，令我睜不開眼睛。明知伸出手去也抓不住她，所以才更……

「並，你喜歡我嗎？」

她是會把這種事輕易問出口的人。

如今我已能坦然說出心中所想，只可惜當時的我還是個不願意讓別人知道我在想什麼的少年。就連努力保持笑容的現在，偶爾還是會被朔夜形容為「笑面虎」，大概也因為當時的我尚未完全消失。

當時的我把下流和高尚的想法一起埋藏在內心深處，蓋上蓋子，不知該如何表達。

我怕一旦講出真心話，不曉得別人會作何反應。

因此就連她的問題，我也這麼回答：

「……才沒有。」

騙人的，我才沒有不喜歡她。

她應該也已經知道我的心意了。

因為我一再一再地閱讀她。

若不是因為喜歡，誰會看一本書看得比教科書或參考書還勤，誰會反覆閱讀特別中意的句子直到幾乎可以倒背如流。至少當時的我不會做這麼無謂的事。

「那你為什麼要看我？」

她是本直指內心世界的書，與溫和的外表大相逕庭。

但我還是拒絕說實話。

「……為了挑毛病。」

「這樣啊，為了挑毛病啊。」

她對我過於草率的回答露出落寞的笑容。

當時的我真是個混蛋。

我明明只是想看……想看她書裡的故事。

我明明只是想了解……想了解她的事。

我明明喜歡得不得了，喜歡到除了她以外，再也無法思考其他事。就算只有一瞬間也好，我也想撫摸她晶瑩剔透的雪白肌膚和看似極為柔軟的亞麻色長髮。

她就是我的全世界，除了她以外，我再也看不見其他東西。無論是我自己的立場還是未來，一切的一切都被她占據。可恨的是，我笨到連這樣的心情都沒能好好地向她表達。

當我意識到這一切時，她已經離我而去了……

「汪！」

這個聲音令我回過神來。

望向櫃臺後面，有隻頭上頂著袖珍書的豆柴——幻本豆太——正朝我搖尾巴。看來是豆太的叫聲將我從十年前的記憶裡拉回來。

豆太好像是要我陪牠玩，真可愛。

「啊，這麼說來，讀美和朔夜今天都不在。」

一年前開始來打工的讀美。

現在的她就跟十年前的我一樣，就讀高中三年級，開始進入課業繁重的時期，所以打工的時間也變少了。

豆太很喜歡讀美，但是跟同為幻本的篤武和芽衣不太合拍，所以找不到人陪牠玩的時候，就會跑來找我。或許是喜歡人類的手吧，真是個可愛的傢伙。

曾是幻本的朔夜為了融入人類的生活，似乎也在努力工作中。

我都說願意收留他了，他卻堅決不點頭。明知這傢伙的個性就是這樣，但我還是想照顧他。因為他也是我遇到的幻本之一……

豆太和朔夜都是我在尋找「她」的旅途中遇到的書。

可是這件事我沒告訴任何人。

為了神之書來偷東西的篤武另當別論，要是告訴芽衣，肯定只會換來她彷彿看到髒東西的眼神和一句「你好噁心……」事實上，只是我自己不好意思說出口。

「少爺，下午茶的時間快到了，今天打算在哪裡喝茶？」

我在櫃臺裡沒完沒了地撫摸著豆太的本體，也就是牠頭上的袖珍書時，徒爾問我。

徒爾身材魁梧，散發出來的壓力就連棕熊也會哭著逃跑，讓人能一下子意識到他的存在，也能隱藏自己的氣息，真是善於應變的傢伙，令我佩服不已。

順帶一提，這位名叫綴谷徒爾的管家是我在尋找她的旅途中遇到的第二本幻本。

第一本是神明的幻本。

因此，唯有神明和徒爾對我心口不一的時期瞭若指掌。

朔夜因為和讀美兩情相悅而變成人類的去年夏天，我已經能打從內心祝福他們，可是當徒爾變成人類的時候，我在精神上還是個孩子，對他做了很幼稚的事，儼然變成我想消除的黑歷史之一。

……我好羨慕他們。

幻本與讀者兩情相悅——這是我沒能辦到的事。

因此我對神明產生了共鳴。很遺憾只有起初交談過幾句，後來就再也沒機會講到話，雖然我認為身為同樣理解一段戀情無法開花結果的人，我們肯定能成為好朋友。

不過，或許神明也知道這只是互相取暖，所以才不跟我說話。也或許是不想我因為這件事纏上祂，所以才避著我。因為神明很清楚一扯到這件事，我會變得有多麻煩……

「今天讀美和朔夜都不在……徒爾，你可以陪陪我嗎？」

「只要少爺不嫌棄。」

「我高興都還來不及了。天氣漸漸轉涼，總覺得今天有點孤單呢。要是朔夜也在，他大概要喝咖啡吧，既然跟你一起，來杯紅茶如何？」

我笑著說，徒爾點頭回答：「了解。」走出店外。

我目送他壯碩的身影去後面的房間準備，在心裡對他說聲：「一直以來感謝你了。」

我九年前遇見他，從他開始為我泡紅茶已經過了六年。感覺時間過得好快，又不是那麼快的感覺。在那之後，我是否也變得堅強一點呢……

「……在等美味的紅茶泡好前，我先陪你玩吧，豆太。」

「汪！」

「話說回來，如果你也跟誰兩情相悅的話，是不是就能碰到你了？」

我問豆太，豆太側著小腦袋瓜，一臉「你在說什麼？」的反應。我蹲下來，撫撫牠頭上的袖珍書，豆太興高采烈地搖尾巴。啊，好療癒啊……

要是有讀者能獨占這本書，那個人該有多幸運啊。

不想割愛，所以不給初來乍到的客人看，但是，萬一願意真心愛護牠的讀者出現了，就應該大方地送牠離開不是嗎？沒錯，如果是願意真心愛護牠的人……

……至今，每當我思考到分離這檔事，都會不禁想起。
不對……是不小心想起。

想起摸到她的感覺、拿起她的感覺。
她的重量、封面的溫度、翻頁時的觸感、聲音。
看著書中的故事時，內心一再被刷新的激動。
意識到自己接觸到她的內心世界那一瞬間，胸口的悸動。
當我告訴她內容很好看的時候，她臉上的笑容。
還有，她喊我的聲音。

——「並。」

下意識地望向窗外，草木的綠葉開始夾雜著黃色，夏日已接近尾聲。
這個發現令我忍不住嘆息。

秋天又要來了——與她共度、與她分離的那個季節又要來臨。

第一章

轉個不停的指南針

盛夏的喧囂已過去，世界開始進入沉靜的狀態。

蟬的大合唱、孩子們高聲笑鬧著玩水的聲音都比前陣子收斂許多。陽光也稍微溫和了點，輕風徐來，降低令人不快的指數，不再隨便動一動就滿身大汗，翻書的指尖也不再濕答答的，可以專心閱讀的美好季節終於來臨。

可是，悲慘的是……讀美的心思必須專注於閱讀以外的事。

那就是準備考試。

讀美目前是高三學生，一進入九月，距離畢業就只剩下半年不到了。

放完暑假才悠閒揭開序幕的新學期唯獨在三年級那層樓充滿了劍拔弩張的味道，從四月就開始針對升學或就業進行馬不停蹄的調查與指導，幾乎每天都有升學就業說明會。

上述的說明會剛告一段落。

「唉，該怎麼辦才好……」

讀美坐沒坐相地趴在圖書館的桌子上。

圖書委員的工作……只是藉口，來避難才是事實。畢竟校內只剩下這裡才能讓她身心安頓了。

下個月就要聯考，有人甚至已經向入學管理局申請以雙向搓合的方式入學。私立的指定校推薦將於本月展開，周圍的氣氛難免有些躁動。

在這樣的情況下，班上有些同學開始變得陰陽怪氣，有人放學後不用再參加社團活動，留在教室裡自修。另一方面，為了去補習而提早下課的人也日益增加。

就連放學後來圖書館看書的人也變多了，再過一會兒，就會有人從別的教室帶著參考書魚貫湧入，想也知道是為了準備考試。

大家都已經決定好未來的方向，爭先恐後地邁開腳步……

「……真傷腦筋，我一點概念也沒有。」

趁著還沒有其他人，讀美把臉貼在桌面上，喃喃自語。

根據今年的氣象預報，秋雨前線的影響似乎不大，窗外是一片晴空萬里，望不見一片雲的藍天，不管是讀美小聲的感慨，還是不知該如何是好的惶恐不安，彷彿都被藍天吸走了。

但也不能一直這樣下去。要是藍天真能幫自己解決問題，不知該有多好，但這些煩惱終究只能靠自己解決。

高三的最後一個夏天，讀美還沒決定好未來的方向。

明明已經來到非給出一個答案不可的階段，讀美心中依舊只有「大概會選有文學系的大學」這般有等於沒有的輪廓。

……她也不是完全沒在思考。

上學期舉行的升學希望調查中，她寫下了幾所特定的大學名稱，暑假也參加了體驗入學活動。受到姊姊英子的影響，全都是以圖書館員為目標的努力方向。

問題是，這反而受到姊姊的強烈反對。

——圖書館員很少徵正職，即便取得圖書館員的資格，能不能真正從事管理圖書的工作還很難說，所以最好也考慮一下其他出路。

姊姊前兩天剛這麼說，而且她不是現在才開始反對，而是更早以前……約莫去年冬天就開始反對了。

大概是從讀美告訴她，自己打算報考縣內提供圖書管理課程的大學時，英子便說：「除了正職的圖書館員以外，工作既不穩定，薪水也少得可憐。」

從此，姊姊始終持反對意見，直到現在。

與其說是反對讀美的選擇，不如說是擔憂、操心讀美的未來。做姊姊的難免擔心不得要領的妹妹生活會不會出問題，將來會不會喝西北風。

讀美很感謝姊姊這麼關心她，可是姊姊的話也讓讀美不知所措，過去自以為看得一清二楚的目標彷彿籠罩在濃霧裡，讀美開始不確定那是不是接下來自己要走的路。

「姊姊也真是的，為何到了這個節骨眼還要說那種話……」

讀美嘴裡這麼說，但心裡其實很明白，就是因為到了這個節骨眼，姊姊才更要提醒她。

當然也可以別想太多，渾渾噩噩地度過這個節骨眼，但原本感覺遙遠的未來將會在轉瞬間來到眼前，而且絕不等人。

姊姊替妹妹更早一步預料到這樣的未來，所以才苦口婆心地勸她。事實上，自從姊姊要她好好地思考一下未來的方向，她總想著兩個月後再說，結果轉眼間一年就過去了。

……不能再拖了。

讀美用幸運草的髮夾固定住劉海，伸出輸給地心引力的手，翻開手邊的書。

厚厚的書裡彷彿囊括了世上所有的職業。

其中，圖書館業界、出版業界的項目自然而然地映入眼簾。

立志成為作家的好姊妹文香告訴她，不僅圖書館員所屬的圖書館業界蕭條，就連整個出版業界的現況都很不好，像是書賣不出去，書店一家一家倒閉……話雖如此，但每個業界本來就都有景氣與不景氣的商家。

然而一旦扯上自己喜歡的東西，則無法這麼雲淡風輕地看待一切。

聽到這個事實時，讀美其實也想捂住耳朵不聽，只想看見書本帶給自己瑰麗夢想，充滿希望的美好一面，期待書能永遠不變地存在下去……

「這不是紙山同學嗎？怎麼啦。」

耳邊傳來的聲音讓讀美嚇了一大跳地彈起來。

定睛一看，圖書教師事原典子就站在跟前。

自己到底發了多久的呆，直到老師叫她，她才意識到對方的存在。

典子是去年夏天告訴讀美桃源屋書店的人，今年六十高壽，所以也要退休了，明年春天將和讀美他們一起畢業。

「典、典子老師，妳什麼時候來的……」

「我剛到，妳不舒服嗎？」

「沒有，我好得很……」

「那就好……三年級最近都好辛苦的樣子。」

典子皺著眉頭說。

大概是擔心讀美會不會因為考試而把神經繃得太緊。

「妳今天沒和紡野同學一起嗎？」

「文香說她要參加小說新人獎的比賽，截稿日期好像快到了。」

「咦，紡野同學也要準備考試吧，這麼有把握啊？」

典子半開玩笑地說，讀美苦笑著回答：「這我就不清楚了。」想起了好姊妹。

「文香早就已經決定要念哪一所大學了，也向有知名作家開講座的大學申請AO入試，所以才要寫長篇小說。她說那是唯一能推銷自己的方法。」

「有道理，紡野同學的小說的確能達到自我宣傳的效果。無論有沒有得獎，努力朝著目標前進就是成果和實績。」

「就是說啊，我也很佩服文香的熱情。」

很清楚自己想做什麼——看在現在的讀美眼中，文香的態度超級閃亮。

管他業界景不景氣，反正我就是想寫小說，想以此為生——讀美還沒有文香這種堅定不移的氣勢。

所以和文香比起來，自己真是個沒用的人。每當讀美意識到這一點，都會陷入沮喪。並不是嫉妒，但或許是羨慕，因為自己心裡還沒有這種能指引出明確方向的指針。

再加上好姊妹不斷往前走的感覺也讓她有點捨不得，還能一直在一起的高中時光已經所剩無幾了。

「紙山同學，妳在用功嗎……好像不是呢。」

看到堆在讀美手邊的那幾本書，典子露出安慰的笑容。

桌上都是升學就業指導室的藏書。

一翻開，每本書都密密麻麻地寫滿職業及各行各業的資訊。

「不是……這些是我借來的。升學就業指導室小歸小，意外的有許多人進進出出，我不太喜歡。」

「這段期間就連要找個自己能靜靜待著的地方都不容易。」

典子表示同情地微微一笑。

她的笑容勾勒出動人的年輪，令讀美感覺如釋重負。

一想到無論季節如何遞嬗，讀美與典子的關係始終如一，原本因焦躁與不安而繃得死緊的身體似乎放鬆了點。

「紙山同學還在為出路煩惱嗎？」

「嗯……對呀。我還沒想清楚……」

典子彷彿看穿一切地主動釋出關懷，讀美決定請教她的意見。

自己想當圖書館員，姊姊始終不贊成，自己的想法也因為姊姊的反對而變得搖擺起來……

「上大學要花錢，所以姊姊要我好好想清楚，包括將來的事在內，不要作出會讓自己後悔的決定。既然姊姊這麼說，我也認為不能草率決定，結果反而愈想愈不明白……」

「妳姊姊說得沒錯，圖書館員確實很少召募正職員工。」

典子以手托腮，一臉困窘地說。

「果然是這樣啊。」

「是的。明明是一份應該被更認真看待的工作，但最近幾乎都只召募非正職的員工，聽說全國加起來頂多只釋出了五十個正職的工作機會。」

「典子老師，呃……」

「我是圖書教師，但也兼任國文老師。」

沒錯，讀美想起來了。

讀美班上的國文是由別的老師教，典子帶的是另一班。知道這一點時，讀美還曾經和文香一起表示羨慕：「真想當典子老師的學生。」

「如果想當圖書老師，就必須選擇考取教師證照這條路。有些學校有專任的圖書老師，但那屬於非正規的公務員。」

「教師……非正規公務員……」

讀美思考這兩個字眼。

……不行，完全沒概念。

「紙山同學，眉頭不要皺得那麼緊，小心長皺紋喔。」

被典子這麼一說，讀美不假思索地摸了摸眉頭。

果然出現好深的紋路，似乎能輕易地夾住紙條。讀美連忙用指尖撫平皺摺。

「……我不曉得將來想做什麼。明明是自己的事，總覺得這樣好沒出息。」

「沒有人一開始就知道自己想做什麼，我覺得像妳這樣還算是發現得早了。」

「是嗎……怎麼說？」

「因為有人終其一生都沒思考過這個問題。也有人知道要放棄，所以一開始就沒想過要追尋自己的目標。有些人的情況的確是不允許作夢。可是紙山同學的情況該怎麼說呢……既然都這麼煩惱了，乾脆趁這個機會徹底地想清楚如何？不只是圖書館員或圖書教師的方向，把所有的可能性都仔細地思考過一遍。」

「只怕還沒想出答案就要考試了。」

「到時候再見招拆招。這麼說或許有點不負責任，但是進了大學以後再思考未來的方向也不遲。萬一要重考，只要想成是又多出了可以思考的時間，就不會覺得重考是世界末日。」

「……老師，妳這番話很危險喔。」

「說得也是，要是被別人聽到了，可能會氣得跳腳。所以千萬別告訴其他人老師說過這種話喔。」

典子惡作劇地呵呵笑道。

讀美也不禁跟著笑了。

……不由得想起一年前的夏天。

當時典子也是這樣偷偷告訴正在尋找容身之處的讀美桃源屋書店的事，還說那是只有她們兩個人知道的小秘密，如今又來鼓勵失去方向的讀美……

這時，耳邊傳來「打擾一下」的招呼聲。

有學生來借書。

「好的。」讀美正要站起來，典子按住她：「我來吧。」

「紙山同學，現在就只有『現在』這一刻，所以盡量別讓自己後悔。如果有需要，隨時都可以來找老師商量。」

典子留下一抹和煦的微笑，走向櫃臺。

望著典子漸行漸遠的背影，讀美又坐回椅子上。

目光望向手邊攤開的書，耳邊聽見典子與學生談笑的聲音。貌似該生很喜歡某本書，正眉飛色舞地與典子分享他的感想。

「好好噢……」

櫃臺前的光景令讀美忍不住念念有詞。明明不久前自己才做過相同的事，如今卻像是很久很久以前的事了。

這麼說來，最近都沒在看書。

不知道為什麼，手邊為了升學或就業而翻開的那本書上的文章在眼前滑過，一個字也讀不進去。明明和常看的課外書一樣都是用鉛字印的，卻有如不認識的符號。

去桃源屋書店的日子也跟看書的頻率一樣減少了。

一年前的夏天開始在書店打工，前些日子終於減少了排班。就算學校允許她繼續打工，姊姊也不會允許她的班表排得跟一年前同樣密集。

（朔夜今天會去店裡嗎……）

從幻本的「書中人」變成人類的朔夜也跟讀美一樣在桃源屋書店打工。可是一年前幾乎每天都待在書店的他早在讀美減少排班的暑假以前就經常不見人影，原因不明。

想起這件事，讀美不由得「唉……」地仰天長嘆。

讀美與朔夜……兩人的關係從過完年就沒什麼變化。

就連對戀愛中人算是重要活動的二月情人節，讀美也因為不好意思，以送給書店所有人的人情巧克力帶過。四月的賞花也是一群人熱熱鬧鬧地去，根本沒有兩人獨處的機會。

換言之，今年兩個人單獨進行的活動就只有去冰川神社新年參拜。雖然早在過年期間就約好今年的聖誕節要一起過，但仔細想想，今年也只剩下四個月了。

然而，別說有什麼進展，就連交集都變少了……

不清楚朔夜不去打工的時候都在做什麼，再加上見面的機會少了，打電話也沒什麼特別的話題，每天都過得悶悶不樂。讀美愈來愈搞不懂自己和他的關係。

唉……讀美又嘆了一口氣。

想突破「朋友以上，戀人未滿」的僵局，為何始終無法拉近距離。這是就算花上一個小時也解不開的難題。萬一出成考題，恐怕來不及寫上任何答案，時間就到了。

明明是這麼曖昧的關係，卻無法不想著他就算了，反而更想見他。肯定是因為愛上對方，才會這麼患得患失。

「……去書店吧。」

讀美闔上手邊的書，站了起來。

再繼續趴在桌上煩惱，也想不出個所以然來。

聽說走路有助於釐清思緒，與其想著眼下的問題，也就是升學或就業的事，不如去見另一顆煩惱的種子，也就是朔夜——讀美認為這樣還比較有效率。雖然她也不確定這是不是正確解答。

經過櫃臺時，向典子打了聲招呼：「典子老師，我改天再來。」抱著借來的書走出圖書館，把書還給升學就業指導室，離開學校。

走向桃源屋書店。

通往桃源屋書店的冰川參道上，樹葉還綠意盎然。

可是迎面而來的風比八月時凜冽，引吭高歌的蟬也換了一批不同的種類，歌聲中帶點沁人心脾的涼意。

「走在外面比以前舒服多了……」

讀美走在參道上，聽著寒蟬的大合唱，喃喃自語。

彷彿預言著靜謐的季節即將一步步走來，參道上開始彌漫著一股盛夏時沒有的氛圍。

從參道轉彎，穿過左右兩旁林立著高聳參天的竹子的羊腸小徑，眼前是住宅區的一角。桃源屋書店就藏在白色圍牆裡面，而裡面的景色也正開始一點一點、一點一點地產生變化。

枝繁葉茂的綠葉稍微褪色，不久之前還將院子妝點得繽紛多彩的黃色向日葵亦已徹底凋零，與朔夜初相遇的涼亭看起來好冷清。

讀美瞥了一眼庭院的景色，推開桃源屋書店的門。

「汪汪！」

豆太察覺到讀美的來訪，一馬當先地衝上前來。猛搖捲成一團的尾巴，以示歡迎。

「很好很好，豆太，你有乖乖的嗎？」

「咦，這不是讀美嗎？」

芽衣的聲音跟在豆太後面傳來。

芽衣也是「幻本的書中人」，身上穿著跟讀美過年送她的手工縫製書衣同樣花色的洋裝，手裡小心翼翼地捧著套上同款書衣的本體。讀美送過芽衣好幾件書衣，她似乎最喜歡這件。

「啊，真的耶。」緊接在芽衣身後，這次換篤武探出頭來。

篤武依舊是一襲白衣，手裡也同樣小心翼翼地捧著字典本體。

「妳怎麼來了？今天不是不用打工嗎？」

「……讀美，妳該不會是不想準備考試吧？」

篤武的話才剛說完，芽衣就跟著搶白，讀美回答：「才不是呢。」心虛地硬生生打斷這個話題。

……自己確實無法專心。

「呃，朔夜在嗎？」

「原來如此，妳來找朔夜啊……原來如此……」

篤武笑得一肚子壞水地調侃她。

「篤武前輩，你太沒水準了。」芽衣靜靜地，但又十分尖銳地阻止他。讀美不由得感嘆芽衣比篤武還成熟。

「朔夜在裡面，打烊的作業已經結束了。」

芽衣的意思是說他差不多可以離開了。讀美向她道了聲謝，走進店裡。背後傳來芽衣叮嚀篤武「不要取笑人家」的聲音。篤武自稱前輩，但現在已經快搞不清楚到底是由誰負責盯住誰了。

幸好兩人的感情看起來不錯，讀美放下心中大石。

這是芽衣剛來時——去年底完全無法想像的變化，而且是往好的方向變化。

相較之下，自己和朔夜的關係又有什麼樣的變化呢……讀美忍不住比較，穿過書架的叢林。

「哇！」

——冷不防地停下腳步，驚呼出聲。

因為朔夜剛好迎面而來，差點撞個正著。

「嚇死我了……咦，讀美？」

讀美腳下一陣踉蹌，朔夜抓住她的手，眨了好幾下眼睛。

「哦，辛苦了。」讀美苦笑。「還有，謝謝你……我才沒摔倒。」

「啊……不好意思。」

朔夜發現自己還抓著讀美的手，面紅耳赤地放開她。因為突如其來的狀況而感到臉紅心跳的讀美也下意識地縮回手。朔夜的手無處可去，搔了搔自己的頭。

他的頭髮還是金光閃閃，彷彿收集了所有夏日的豔陽。好美啊……讀美不由得看得出神。即使變成人類的身體，他的髮色依舊與那年夏天無異。

「……怎麼啦？書店已經打烊了，有什麼事嗎？」

「啊，呃，那個……是有點事，但又不是什麼大事……」

「到底是什麼事？」

我是來找你的。

……讀美無法輕易地將這句話說出口。要是真說出口，她的臉大概會回升到盛夏的溫度。

讀美內心狼狽不已，早知道就先準備好一套說辭再來了。

「讀美是來找你的啦。」

背後有人替她發聲。曾幾何時，芽衣已站在身後。

「是嗎……？」朔夜輪流打量讀美和芽衣，尋求確認。讀美好不容易才擠出一句：「嗯，算是吧。」同時用最快的速度在腦中編好一套說辭。

這時，讀美想起重要的事。對了，升學或就業的事。

「對、對呀，我有點事想跟朔夜討論！……那個，你等一下有空嗎？」

「啊……嗯，如果只是一下下的話。」

朔夜的回答聽起來很可疑。

（嗚……這種反應……他該不會覺得我很煩吧……）

雖然沒有事先知會他，可是……朔夜的態度令讀美感到不知所措，但朔夜對此渾然未覺，丟下一句「走吧」就往外走。

「芽衣，謝謝妳的幫忙。」

「好說，慢走。」

讀美朝目送他們離去的芽衣說聲「改天見」，追上朔夜，內心深處充滿煩躁不安的情緒，只能用力地壓抑下去……

「……妳要跟我討論什麼事？」

從書店的庭院走向門口時，朔夜問讀美。

太陽比剛才讀美來書店的時候還要西斜了幾分，外頭的風更加寒冷，四周的景色也逐漸染上暮色，日落的時間比初夏時提早許多。

讀美感受著這一切，對走在身邊的朔夜說：

「嗯……其實是我正為升學或就業的事煩惱。」

「哦，對耶，也來到這個時期了。所以呢，具體的煩惱是？」

讀美告訴他剛才跟典子討論過的事。

想成為圖書館員，但是到了這個節骨眼又開始猶豫，對將來想做什麼還沒有清晰的願景，導致都快要考試了，還無法決定方向。

「我從夏天——不對，或許從更早之前——就一直在想這個問題，可是腦中一片空白，完全不知道該怎麼做才好，什麼也決定不了。」

讀美嘆息，走在一旁靜靜傾聽的朔夜支支吾吾地回答：「嗯……這個嘛……」似乎正在尋找適合的字句。

兩人走出大門，鑽進蜿蜒於住宅區內的小徑，踏上在前方交會的冰川參道。

參道筆直地往前延伸，等間隔設置於參道兩旁的燈籠已然點亮，為他們指引方向。

讀美邊走邊看著一個又一個的燈籠心想——要是自己的人生也有這麼明亮的指標就好了。

「……做妳想做的事不就好了。」

朔夜沉思了半晌後回答。

這句話聽起來有點不把她的煩惱當一回事，讀美忍不住動氣。

「話是這麼說沒錯……但我就是不明白自己『想做什麼』才傷腦

筋……」

「但妳問我也沒用啊，喜歡什麼只有妳自己知道。」

言下之意是「我怎麼會知道」，這讓讀美有些悲從中來……不，是感到很孤單。

朔夜說得沒錯，一點也沒錯。

喜歡什麼終究只有自己才知道，別人的意見說穿了只不過是強壓在自己身上的價值觀。

……可是讀美總覺得自己被朔夜推得好遠。

她當然也知道這種想法是無理取鬧，但讀美還不夠成熟到足以理解該拿這股悲傷的情緒如何是好。

彷彿就連心情也被地心引力打敗，視線愈垂愈低，走路的速度也愈來愈慢。

「沒錯……朔夜說的都對，可是……」

「可是？」

「……沒什麼。」

我只是想聽他說話，可不想聽什麼大道理——讀美知道這完全是自我中心的想法，也知道只有自己才能給自己滿意的答案。

知道歸知道，但希望朔夜能陪自己聊得深入一點難道只是她的任性嗎……

「……朔夜，你是不是想早點回家？」

讀美停下腳步問道。

走在前面幾步的朔夜轉過身來。

「咦，怎麼說？」

「你最近好像很忙，今天也不例外……」

「啊……嗯……」

朔夜沒否認。

至此，讀美確定他是真的很忙。

「這樣啊……可是為什麼？聽說你也減少了打工的日數。」

「有很多事……」

朔夜含糊其詞地搔搔頭，讀美不知不覺地鼓起臉頰。

光說啊……嗯……有很多事……誰會知道啊。讀美想發難，卻又忍住不說。

因為那是他的問題。

就跟自己的升學問題一樣……更何況，自己也沒有權利過問。

「……送到這裡就好了。」

讀美吞下堆到臉頰的抱怨，只說了這句。

朔夜目前住在並位於書店後面的家裡。

因為讀美說有事想跟他商量，所以朔夜沒回家，而是自然而然地走向參道。大概是打算去參道盡頭的咖啡館坐下來聽她說，這份貼心讓讀美很感動。

可是如果他很忙，讀美也不想占用他的時間。

光是陪她走到這裡，就該心存感激……讀美壓下想多跟他在一起的心情，說服自己不能要求對方配合自己的任性。

「咦，不去哪裡坐坐嗎？」

「這條路很長，走到咖啡館還要好一會兒。」

「這有什麼關係，再說……我們很久沒像這樣單獨相處了。」

「沒關係，等你有空的時候再約。我也還有事要做，改天見。」

「啊……等一下！我還有時間，等一下啦。」

朔夜伸手攔住讀美，不讓她離開，衝到參道「外」。

冰川參道兩旁是狹窄的車道，穿過中間的車道，有家立著旗幟的店。

那家店掛著「冰川糰子」的招牌，是賣餐也賣甜點的地方，在這一帶很有名。

朔夜在那家店裡買了東西，向讀美招手。讀美一頭霧水地走向他。

「這個妳敢吃吧？」

朔夜遞給她的是這家店的招牌烤糰子。

讀美莫名其妙地接過紙包的糰子。大概剛烤好，捧在掌心還熱騰騰的。糰子的溫度讓緊繃的情緒放鬆下來。

「……敢吃，謝謝。」

「不客氣。」朔夜當場咬下一顆糰子。「好好吃。」

醬油口味的糰子再簡單不過，具有柔軟彈牙的口感，似乎沒用到砂糖之類的調味料，所以不像御手洗糰子那麼甜，撒在糰子上的海苔香味在口中散開，美味至極。

讀美鼓著腮幫子咀嚼糰子，整理自己的心情。

……她其實很想問朔夜，為什麼這麼忙。很在意朔夜為什麼不告訴她原因。

可是既然朔夜不告訴自己，就表示那件事大概跟她沒關係。雖然有點寂寞，但讀美告訴自己她和朔夜不是那種可以共享秘密的關係……

可是，如果……如果自己和朔夜是男女朋友……

「那個……可能還得再過一段時間，改天我一定會補償妳。」

朔夜吃完糰子，邊說邊用紙包起竹籤。

讀美不由得停止咀嚼，把糰子和自己剛才想的事一口吞下，轉身面向朔夜。

「你這句話是什麼意思？」

「抱歉，現在還不能說，請妳再等一下。」

「欸？好，我知道了。」

「好……那妳也要加油喔。」

朔夜說完，正要手摸讀美的頭——忽然想到什麼，在最後一刻收手。

縮回手的朔夜丟下一句「改天見」就急匆匆地沿著來時路回去了。

「……現在是什麼情況？」

那一瞬間，讀美還期待他能摸摸自己的頭，結果大失所望地嘟囔。

朔夜還關心她，並沒有不把她當一回事，這點令讀美發自內心地喜悅。

儘管如此，烏雲密布的心情還是沒有放晴。

不管是在書店抓住她的手，還是現在，讀美實在無法不在意朔夜的行動為何那麼可疑，更何況……

「……等一下是多久。」

一個禮拜？一個月？……還是半年？一年？

對方都要她「等一下」了，還在想要等多久，自己未免也太不講理了……就連豆太都會「等一下」了。

升學的事如是……朔夜的事也是……沒有一件事是她知道答案的。

完全沒有個方向，自己到底該怎麼做才好……

「……完全搞不懂。」

情不自禁地脫口而出在圖書館裡講過的臺詞。讀美的心情就像院子裡凋零的向日葵，委靡不振。

搞不懂。完全搞不懂。甚至不覺得自己有本事搞懂。

心裡的羅盤還在轉個不停，死都不肯指向有答案的方向。

儘管如此——

「嚼嚼嚼……」

讀美用力咬下手邊所剩無幾的糰子出氣。

利用咀嚼的動作咬爛內心的煩躁不安，與糰子一起塞進胃裡，把竹籤扔進店門口的垃圾桶，向店裡的人說聲「我吃飽了」，離開那家店。

「既然搞不懂，只能拚命搞懂了。」

讀美自言自語地踩著大步，走向參道。

不管是升學的問題，還是與朔夜的戀情。

目前暫時都還不確定未來會怎麼發展。

可是讀美也不想放棄尋找答案。

正因為自己以前沒認真思考，事情才演變成現在的狀況。就算不動腦，時間也會繼續流逝。怪只怪過去對這些問題視而不見，混吃等死的自己不好。

……只有自己才能改變現狀。

「加油吧！朔夜也要我加油。」

吃飽了，大腦也吸收到養分，再加上快步走來或許也促進了血液循環，讀美冷靜地回想方才與朔夜的對話。

朔夜說的是妳「也」要加油。

他肯定也正在為某件事努力著。

既然如此，自己現在該想些什麼——該做些什麼呢？

……就從思考這個問題開始吧。

第二章

倘若手裡沒有地圖

用自己的大腦思考是很重要的事。

無論面臨什麼情況，人生作的每個選擇最終都得由自己承擔後果，所以必須自己思考該怎麼做。

讀美忘記是聽哪個偉人說過，人會變成自己思考的那種人。她不知道這句話是真是假，說不定是騙人的。

可是，世界上還是有再怎麼思考也想不明白的事。

不曉得自己會變成什麼樣的人，既不是天才，也沒有智慧，像自己這種軟弱無力的人該怎麼辦才好呢。

「告訴我吧，估狗大神……！」

讀美一回到家就開始用手機搜尋是否有人跟自己有相同的煩惱。

躺在客廳的沙發上，盯著搜尋畫面。

網路上有許多從以前到現在明明大考在即，還在為出路煩惱的學生上網求助或在部落格上吐露焦躁心情的文章。

「大家果然都很煩惱……」

並非只有自己這點讓讀美稍微鬆了一口氣，面向液晶螢幕的表情柔和了些。

可是，搜尋了一個小時後，讀美停下滑動頁面的手。

自己並不孤單這件事讓人沒那麼不安。

可是她也意識到，網路上沒有自己想知道的答案。

要是上網就能查到自己該選哪條路、該怎麼做才好，典子老師或朔夜就可以告訴她了。

浪費時間……正當讀美感到無力的時候。

「妳在玩什麼？準考生。」

姊姊英子剛好下班回來。

對四仰八叉、懶懶散散地躺在沙發上的讀美翻了一個白眼。

「不、不是啦，我在查資料。」

讀美坐起來，急著為自己辯白。

可是憑她那副德行，實在沒什麼說服力。換成讀美是英子，大概也不會相信她的解釋。

「嗯哼，上網查資料是沒問題……不過手機大概無法問答妳出路該怎麼走。」

英子邊說邊把超市的購物袋放進廚房。

讀美瞇起眼睛看英子把東西放進冰箱。她怎麼知道自己在查出路的事？就算姊姊有順風耳，應該也沒有千里眼。

「嗯……因為我想破頭也想不出來嘛……」

明明是自己的事，卻不知道自己想做什麼。但讀美還是滿心期待，希望有人知道答案，希望答案會從天上掉下來。

可是上網查了一個小時，還是查不出個所以然來。要是真能查出個所以然來，反而會讓人傻眼自己截至目前煩惱成那樣究竟所為何來。

「話說回來……妳到底在煩惱什麼？」

英子關上冰箱，事不關己地從廚房問她。

讀美一把火上來，惡狠狠地瞪著姊姊。

「煩惱什麼……還不是因為妳對我的選擇有意見。」

對她原本決定好的出路有意見的不是別人，正是英子，事到如今她在說什麼？讀美大皺其眉。

要不是英子說了那些話，自己現在早就可以心無雜念地專心準備考試了。

……想到這裡，讀美告訴自己不是這樣的。

「算了……是我不好，沒想清楚。」

「怎麼，我還沒發難妳就先反省自己了，真難得。」

「畢竟現在不是怪罪別人的時候……」

「沒錯，就是這個道理。妳長大了嘛。」

英子半開玩笑地說，開始準備晚飯。

讀美看著姊姊的背影，喃喃自語：

「才沒有長大……」

要是長大了，才不會在這種地方停下腳步，拖拖拉拉地無法前進。

至少讀美是這麼想的，包括文香在內，與其他專心準備考試的同學比起來，自己的起步慢到一個令人害臊的地步。

就拿晚飯來說，也是姊姊煮給她吃，這樣茶來伸手、飯來張口的自己到底哪裡長大了。

「……姊，我幫妳準備晚飯吧。」

讀美主動開口說要幫忙，英子連眉峰也不挑一下地一口拒絕：「不用了。我不想引發流血騷動，而且妳現在還有其他事該做不是嗎。不管是查資料，還是要思考，總之都要全力以赴，藉故逃避是最糟糕的選擇。」

「唔……我知道了。」

自己的心情彷彿被看穿，讀美坐立不安。
英子也不再借題發揮。
自從讀美今年年初完成英子的心願——再見小時候仰慕的幻本老奶奶阿松一面的心願後，姊姊對讀美的挑剔就沒那麼尖銳了。
還有，阿松那本靈魂已經離開，變成「骸本」的書正包著書套，珍而重之地收藏在英子書架上的特等席。
「……那我回房了。」
讀美匆匆從沙發裡起身。
不追究等於要她自己想辦法，這點令她十分尷尬，無地自容。
「飯做好再叫妳。」英子說道。
「麻煩妳了……」讀美氣若游絲地回答，逃也似地離開客廳，直到英子叫她吃飯以前都不敢再回客廳。
回房後，反手關上門，讀美情不自禁地嘆了一口氣。
還是自己的房間好，讓她能在家裡有個容身之處。
這麼說來，她也覺得自己最近實在太愛嘆氣了。讀美怔忡地想，手自然而然地伸向書櫃——然後停在半空中。

「現在可不是看書的時候……」

書是讀美逃避現實的工具。

……問題是，眼前擺著必須面對的問題，不能逃避。

一旦開始閱讀，只要不是速讀或跳著看，看完一本三百頁左右的書至少也要一個小時，可是……可是……

啊……嗚……讀美苦惱地呻吟了半天。

最後還是輸給書的誘惑，再次伸出停在半空中的手。在心裡不知向誰賠罪：「對不起。」

然後從書櫃裡隨意拿出一本書，是文庫本的小說。

翻開。

印在紙張上的文字映入眼簾。

書本上的文字變成有意義的文章，編織成故事。

蓄積在自己心裡的印象與書中的內容結合，慢慢地創造出一個世界。

想像中的世界開始有了顏色，變得鮮活。明明是虛構的人物，卻變得有血有肉，開始活靈活現地動了起來。

每翻一頁，書裡的故事就往前推進。

看著看著，故事接下來會如何發展的疑問漸漸有了答案，隨著書本翻到卷末，故事的全貌逐漸變得清晰……

（……要是能像書這樣寫出來就好了）

讀美在故事的中場停下翻頁的動作，回到現實。

要是人生也能像這樣寫成一本書，自己只要負責閱讀就好了。

這麼一來，就不用這麼迷惘、這麼徬徨了。

只可惜，現實沒有這麼盡如人意。

正因為沒有地圖，人生才舉步維艱……

……想到這裡，讀美認為人跟書一樣。

自己的人生就像寫到一半的故事，如同文香寫小說時總是苦思良久，要寫出自己的人生這麼規模浩大的故事，想也知道不是一件容易的事。讀美想起好姊妹殫精竭慮的模樣，豁然開朗。

這時，讀美想到一個問題。

小說的作者是如何決定故事的結局。

全都由自己決定嗎？自己決定得了嗎？

……讀美猶豫了一下，決定直接問文香。

考慮到突然打電話可能會打擾到她，先傳簡訊問她：「有件事想請教妳。」

但她似乎是白操心了。

沒多久，文香就打電話來了。

「讀美，怎麼啦？有什麼事要問我？是我可以回答的問題嗎？」

大概是出乎意料的簡訊讓文香擔心了。

好姊妹從電話那端劈頭就問到重點，讀美滿懷感激地頻頻頷首，明明隔著話筒，對方根本看不見。

「嗯，這個問題只有文香能解答……」

「只有我能解答？什麼問題？請說請說！」

「就是啊，妳寫小說的時候是怎麼決定劇情走向的？」

「欸！妳也要寫小說嗎？」

「沒有啦，我沒有要寫小說。」

文香的音色透著喜悅，讀美苦笑糾正。

一面反省自己沒說清楚，一面補充說明。

「呃，妳也知道我正在為出路的事煩惱，所以想知道妳有煩惱的時候是怎麼處理的。而且據我觀察，妳只有在寫小說的時候會煩惱。」

「哦，原來如此。嗯……我也會煩惱啊，而且有很多煩惱！」

「像這種時候，妳都怎麼自處？」

「找妳商量啊。」
咦？讀美大惑不解。
找我商量……？正當她滿頭問號時，文香繼續說：
「我不是在教室問過妳『妳覺得這樣的展開如何？』嗎。」
「啊，這麼說來……」
讀美想起和文香在教室的對話。
與文香聊天時，經常會討論到她的小說內容或寫作的進度。雖然沒有意識到，但她的確問過自己的意見或感想。
「我也要求過妳『看一下原稿』或『告訴我感想』不是嗎？那就是我煩惱著『這樣寫真的好嗎？』的時候，妳的意見一向都很有參考價值喔。」
「原來如此……原來是這樣啊。」
讀美很高興聽到文香這麼說。
雖然頭腦簡單，一想到自己的意見對好姊妹鄭重其事寫的小說有幫助，讀美也對自己這個不確定的存在稍微產生了一點點自信。
「所以，倘若讀美也在迷惘，不妨問一下身邊的人。啊，可是我只會寫小說，對欲望又過於忠實，所以可能無法給妳什麼具有參考價值的意見。」
「那如果我問妳該怎麼辦呢？」

「我會邀請妳一起寫小說！」
「嗯，呃……雖然是我提出的問題，但小說還是交給妳吧。」
文香打從心底深感遺憾地「呿！」了一聲。
想像她在話筒那頭嘟著嘴巴的模樣，讀美噗哧一笑。
「謝謝妳，文香，我會考慮看看。」
「好啊，只要是我派得上用場的地方，儘管說……對了讀美，其實我也有事想跟妳商量……」
「什麼事？我有辦法回答嗎？」
「耶，讀美最好了！是關於我前陣子提到的小說接下來的劇情……」
文香說的是奇幻物語的後續發展，就連身為作者的文香本人，似乎也還毫無頭緒。
可是與自己討論這件事的文香聽起來雖然很煩惱，卻又很開心的樣子。讀美真希望自己也能這麼開心地探索自己人生未來的方向。
可是，說不定開心與否，其實都由自己的心態決定。
「——太好了！讀美，謝謝妳！我寫得出來了！」
「別這麼說……我根本什麼忙也沒幫上。」
「才沒有這回事呢，妳一直很有耐心地聽我說不是嗎！嗯，果然集思廣益能得到不同的結果，腦筋也變得清楚了。」

「能幫上文香的忙真是太好了。而且……我也要謝謝妳，下次再陪我商量喔。」

「那當然！隨時都可以喔！」

文香在話筒那頭說：「讓我們一起努力吧。」

「嗯。」讀美點點頭，掛斷電話，手裡還拿著手機，陷入沉思。

「請教身邊的人嗎……」

這時，門外傳來英子的叫聲：「吃飯嘍！」

「來了。」讀美回答，走出房間，回到廚房。

「哇，今天吃炸蝦。」

「反應真好，不愧是看到自己愛吃的食物。」

讀美向得意邀功的姊姊道謝：「謝謝姊。」走向電子鍋。

還不會做菜的讀美只能幫忙裝飯、盛味噌湯，端到擺滿飯菜的餐桌上。

這也是因為和家人一起生活，才有現成的飯吃。

（萬一去遠地求學，就不能像這樣一起吃飯了……）

要是自己去外縣市上大學，包含做飯，所有的家事都得靠自己一個人搞定。至今從未想過離開舒適圈，但是依照自己選擇的出路，離家自立也不是不可能。

可以的話，讀美真不想離開。

根本無法想像自己獨自生活的模樣，要跳脫舒適圈也很可怕。從老家來幸魂市時，因為有姊姊的陪伴，再加上想逃離留下討厭回憶的地方，所以不覺得抗拒，可是這次不一樣。

「姊……妳是怎麼準備考試的？」

姊妹共進晚餐的時間開始沒多久，讀美問英子。

無異於打草驚蛇的問題讓英子捧著碗筷，側著頭反問：「我？」讀美喝了口味噌湯，湯裡的茄子在舌尖上化開，好甜。

「我沒說我念的是有圖書管理課程的大學嗎？」

「妳說過……我問的不是這個，而是妳如何選擇未來的出路。」

換成去年的讀美，大概不會跟英子討論自己的煩惱，然而經歷過年期間阿松的事，讀美得知姊姊也有煩惱的過去，自己的想法也隨之改變。

加上文香剛才在電話裡給她的忠告，讀美決定和身邊的人商量。

她認為姊姊英子是很適合的商量對象，也是馬上可以請教，離自己最近、最有參考價值的對象。

「我的出路啊……嗯，我想想，我當時什麼也沒想喔。」

「什麼……？」

讀美不由自主地垮下肩膀。

英子的答案根本不是該從苦口婆心地勸妹妹「好好思考妳的未來」的人口中說出來的臺詞，至少讀美是這麼認為的。無法隱藏遺憾的心情，眉峰不自覺靠攏。

看到讀美的表情，英子似乎也察覺到妹妹想說什麼，但絲毫沒有「請以我為借鏡」的負疚，這點也很有英子的風格。

「呃……既然妳什麼也沒想，為什麼要選擇有圖書管理課程的大學？」

「因為我喜歡看書。」

英子毫不猶豫地立刻回答。

「當時只想到如果將來要從事跟書有關的工作，該念什麼大學才好。我沒有什麼堅持，只想做自己喜歡的事。」

「等等……妳不是說光看薪水或成就感選擇工作會吃到苦頭嗎？」

「妳的記性怎不用來應付考試啊。」

讀美想反唇相譏，但肯定又會遭到姊姊的反擊，所以「唔……」地閉上嘴。眼下最好不要提成績的事，光顧著看書，讀美的成績放眼全學年頂多只有中上程度，目前雖然急起直追，但進步還很有限。
「我可能選了一條辛苦的路，但我並不認為自己的選擇是錯誤。雖然沒仔細考慮，但我並不後悔自己的選擇。」
「嗯，不後悔嗎……喂，等一下，姊，那是我的！」
英子對讀美的抗議充耳不聞，夾起讀美的菜，放進嘴裡。
「嗚……我的炸蝦……」
「誰教妳的視線要飄來飄去。」
「做賊的居然喊捉賊……！」
「誰教妳不快點吃，是有得吃不先吃的人不好。」
「人家想把愛吃的東西留到最後嘛。」
「喜歡的東西留到最後可能會被人搶走，是不是學到了一課啊？沒有了才說想吃已經太遲了。」
「可惡……聽起來很有道理……」
「更何況飯是我做的。妳要是不甘心，就學著自己做飯吧。」
英子得意洋洋地哈哈大笑。讀美身為被餵食的身分，不能多說什麼，只能硬生生地按下悲憤。
讀美在被打敗的心情下吃完晚餐，將從英子身上得到的教訓銘記在心，下次一定要在被搶走之前先吃掉。
至於英子本人，早就又搶先一步去洗澡了。
讀美利用姊姊洗澡的時間，小心不要打破碗盤地洗碗。
「——只想做自己喜歡的事嗎。」
讀美用力地旋緊水龍頭，自言自語。
「嗯……姊姊的確是這種人。」
對自己誠實——這就是英子的作風。
讀美有時候也會覺得不在乎周圍眼光，活得自由奔放的姊姊十分耀眼，同時也令人火冒三丈。
英子說得簡單——只想做自己喜歡的事——聽起來其實有些任性，出社會後要忠實地只想做自己喜歡的事，肯定非常困難。
如同英子說的，讀美想從事的工作肯定賺不到幾個錢，也不可能只有快樂。在這個世界上光靠成就感是活不下去的。
儘管如此……要是能像姊姊那樣做自己喜歡的工作，該有多好。
那種狀態或許就是人們口中的幸福。
「從事喜歡的工作嗎……喜歡的工作……」
自己真正喜歡什麼？讀美邊想，邊用毛巾擦乾手上的水氣，回自己房間——立刻想到一件事。

「啊……對了，原來如此……」

一踏進房間，手就自然而然地伸向書櫃。看到自己不聽使喚的手，讀美只能苦笑。

自己喜歡什麼，根本連想都不用想。

「我也跟姊姊一樣……喜歡書……」

出路、工作、業界……要考慮的層面太多，差點忘了最重要的事。

那就是自己喜歡書這件事。

假使老實地聽從自己的心意來選擇工作，肯定不會只有開心的事，還有很多很多殘酷的事、辛苦的事、難過的事，大概也有哭到笑出來的日子，或許得面對悲慘到讓她痛恨全世界的日子。

儘管如此，讀美還是想從事與書有關的工作。

有朝一日再回頭審視自己的人生時，光是可以在書本的包圍下工作，就已經很幸福了。那種心情大概只有熱愛閱讀的人才能了解，其他人絕對無法理解。

但讀美能夠想像。

因為她已經知道被書本包圍的生活有多麼快樂、多麼舒服……

「……嗯，我好像明白了。」

讀美用力地握緊拳頭。

與英子聊過之後，讀美似乎看到一點自己的心情和自己該前進的方向了。彷彿在迷霧中茫然佇立的地方看到指標。多虧文香指點她，即使在不知如何是好的時候，也一定會有方法解決。

不過自己的想法還有些不夠明朗的部分，所以才遲遲不敢踏出第一步。

讀美大概知道問題出在哪裡，只是還不知道該怎麼弄清楚那個問題。

但她已經知道該從哪裡著手了。

「……好，再找別人商量吧。」

第二天放學後。

讀美頭也不回地走向桃源屋書店。

今天也沒有排班，她是為了搞清楚自己的方向才去書店，因為她想試試昨晚想到的方法。

將來想要從事與書有關的工作——這是讀美在迷失方向的心中，好不容易搞清楚的一件事。

問題是，與書有關的工作千奇百種。

讀美的選項裡一開始就沒有文香立志成為的小說家，但光是管理圖書的職業就有好幾種，有像姊姊英子那樣在大學圖書館管理圖書的工作，也有像典子那樣兼職管理圖書的老師，選的路會根據要從事哪一種職業而異。除此之外還有書店、出版社、印刷廠等等，數都數不清。

英子說她只要是跟書有關的工作都可以。

從姊姊的性格來看，這個答案大概是真的。

可是，讀美不認為自己這個做妹妹的連這點都跟姊姊一模一樣，一路走來的人生也告訴她，自己心中恐怕有著不同於姊姊的堅持。

所以讀美接下來想弄清楚這一點。

她想從事與書有關的「哪種」工作……為了找到這種工作，她想請教正在從事與書有關工作的人，想知道那些人為什麼會在目前的工作崗位上。

因此讀美此刻正前往桃源屋書店。

去找與自己的距離僅次於姊姊，正在從事與書有關工作的人……

推開來慣的書店大門，讀美探頭進去。

從幻本裡長出來的樹織成書架的森林，今天也不見那頭金髮，肩膀不由自主垮下來。

探頭探腦時，豆太察覺到讀美的氣息，跟平常一樣，咚咚咚地小跑步衝上來。

「豆太，朔夜不在嗎？」

豆太搖著捲成一團的尾巴，不解地側著頭向讀美表示「妳在說什麼？」讀美用手指輕撫豆太頂在頭上的袖珍書本體，豆太舒服地瞇起雙眼，以頭上的袖珍書頂住讀美的手。

意思是要她多摸一會兒，再摸一會兒。自己要是也這麼會撒嬌就好了。讀美邊想邊撫摸豆太。

見不到朔夜固然有點寂寞……但讀美今天不是來找他。

「怎麼？讀美，妳今天也來啦。」

篤武從書架間探出頭來，驚訝地眨了眨鏡片後面的眼睛。

「妳今天不用上班吧？朔夜今天也休假。」

「啊，不是，我不是來打工，也不是來找朔夜……並先生和徒爾先生在嗎？」

「並先生在裡頭，徒爾先生剛才去後面的房間準備下午茶，差不多快回來了……啊，來了。」

讀美追著篤武的視線回過頭去。

肌肉崢嶸的老管家正推開門，走進書店。

繃得緊緊的執事服，茶具拿在他手裡，就像是端著扮家家酒的道具，看起來非常不協調，但絕不是茶具太小，而是這位老管家實在太高大了。

「咦，這不是讀美小姐嗎。」

「徒爾先生好。」

「妳好……今天有什麼事嗎？」

「啊，我今天不是來打工的，而是想請教徒爾先生和並先生關於升學的事。」

「請教少爺很正常，但是我……？」

徒爾一臉不可思議地動了動鼻子底下的鬍鬚。

「如果不麻煩的話，請務必給我一點意見……」

「怎麼會麻煩呢，我只是不確定自己能不能幫上忙，只要您不嫌棄，我一定有問必答。」

鬍鬚繼續抖動。

徒爾心情似乎很好，篤武也笑嘻嘻地說：「徒爾先生很高興能幫上妳的忙呢。」換作是朔夜，早就把篤武的本體——也就是字典的內頁揉得縐巴巴了。

讀美忙不迭搖頭，甩掉不該有的念頭。

（升學的事要緊，先不要想朔夜的事……）

一不小心就會想起朔夜的事。

朔夜要自己「加油」，所以先處理升學的事，談戀愛什麼的，以後再說……讀美提醒自己，切換想法。

徒爾捧著茶具走向店裡，並就坐在櫃臺後面。

只見他無精打采地坐在椅子上，戴著看電腦的眼鏡，心不在焉地望著虛空。

「少爺……並少爺！」

徒爾喊了兩聲，並才好不容易回過神來。

「哇！」地大叫一聲，差點從椅子上摔下來，連忙撐住。徒爾靜靜地接住代替主人滑落的眼鏡。

「嚇、嚇我一跳……徒爾，那麼大聲是想嚇死誰啊。你的肺活量可不是開玩笑的，得拿捏好分寸才行。」

「抱歉，因為少爺的心思似乎跑去遠方旅行了，請原諒我。」

「什麼旅行……啊，嗯，也對，的確是我不該發呆，謝謝你救了我的眼鏡……咦，讀美也在。」

「辛苦了，並先生。」

「辛苦了……妳怎麼來了？該不會是突然想上班吧？既然如此，今天朔夜不在，工作堆積如山……」

「啊，不是……不好意思，我今天不是來上班。」

「讀美小姐是來找少爺和我討論升學的事。」

徒爾恰如其分的說明讓並靜靜地放下從抽屜裡拿出來的班表說：

「哦，這樣啊。」自己險些就順水推舟地打起工來了。真不愧是扮豬吃老虎的老闆——讀美苦笑著想起朔夜對他的評語。

「剛好是下午茶時間，今天沒有非咖啡不喝的人，所以我泡了紅茶，可以嗎？」

「當然可以呀，打擾了。」

讀美回答時，徒爾已經迅速地在桌上擺好茶具，並為她拉開椅子：

「請坐。」讀美依言坐下。

「妳要問我們什麼？」

「呃……其實是我還在煩惱升學的問題。」

讀美傾聽徒爾倒茶的聲音，揀選字彙。

「昨天好不容易搞清楚，我想從事與書有關的工作。」

「哦，這不是很大的進展嗎。」

「是的。可是接下來我又卡住了，所以想請教你們——在桃源屋書店工作的二位是如何決定所謂的出路——也就是工作的？可以的話請告訴我你們的故事。」

「嗯哼，我們的故事啊……」

聽完讀美的說明，並點頭低喃。

「……徒爾另當別論，我的故事真的能當作參考嗎？」

「不，真要說起來，我的故事還比較沒有建設性。」

「呃，那個，該怎麼說呢……是我想聽。一直以來，我只看見現在的自己，就算思考未來的事，也無法想像將來有另一個自己……」

跨過畢業的門檻，人生的道路或多或少都會產生變化。

國中升高中時，讀美也體驗過離開秩父的故鄉，來幸魂市生活的重大變化。不過有姊姊陪伴，身為學生的立場也沒變，還不用考慮到再下一步的事。想離開故鄉的選擇是基於負面的情緒，與逃避無異。

可是，這次不一樣。

讀美考慮到未來的事，積極地選擇人生的方向，所以才會感到困惑。自己即將展開旅程，從待在一個被人保護的世界邁向新世界。自己摯愛的人大概也都經歷過同樣的難題，讀美想知道他們如何走到現在這一步。

「嗯哼……也就是說，妳想知道我們過去到現在的經歷嗎？」

「對，我想知道你們如何走到現在這個安身立命的地方。」

「妳的意思是說……妳想知道我們在想什麼，作了什麼選擇，才走到今天這一步嗎？」

並拿起徒爾為他斟上紅茶的杯子，湊近嘴邊。

他盯著杯子裡的紅茶，遲疑了半晌，點個頭說：「好，我知道了。」

「要是我們的意見對妳考試有幫助，當然義不容辭。既然如此，請徒爾先說。」

「……從我開始是無妨，但一般情況，這時應該由少爺先說吧，我怎麼可以搶在主人前面……」

「無所謂，因為你已經知道我的故事不是嗎？」

並望向遠方，意味深長地說。徒爾靜靜地垂下眼睫：「遵命。」然後把身體塞進並要他坐的椅子上。

「那就由我說起。」

三人圍在桌子前，徒爾以慢條斯理的口吻娓娓道來。

「我之所以成為少爺的管家，原因非常單純，因為少爺對我有救命之恩……那已經是九年前的事了。」

「說來我們認識好久了，什麼救命之恩，你其實大可不用放在心上。」

並邊笑邊要徒爾喝茶，「你真是太一板一眼了。」

徒爾戒慎恐懼地接過茶杯，還是老樣子，和他的身材比起來，茶杯看來小得可憐，整個尺寸的感覺都變得怪怪的。

「少爺當年才十八歲吧……我記得才高中畢業半年左右。」

「沒錯沒錯。」並在一旁幫腔。

「是噢。」讀美不禁感嘆。「你們在並先生和我一樣大的時候認識啊……我還以為徒爾先生在並先生更小的時候就陪在他身邊了。」

讀美輪流打量他們。

「對呀。」並苦笑著說。「大概是因為他都喊我『少爺』吧……我都說我不喜歡這個稱呼了。」

「明明是少爺說『絕對不要叫我大老爺』的，只好採取折衷方案，喊您一聲『少爺』了。」

「當時我才十幾歲，還沒有成年，但現在早已過了被稱『少爺』的年紀。」

「只要您願意，我隨時都可以喊您『大老爺』。」

「都說了，我不是那塊料……算了，少爺就少爺吧。」

畢竟也聽習慣了──並自暴自棄地啃餅乾，那樣子即使看在讀美眼中也有點孩子氣。

徒爾看著塞了滿嘴餅乾的並，有些炫目地瞇細雙眼。

「至於是什麼樣的救命之恩呢……我剛認識少爺的時候，還是幻本裡的人。」

「您是指還沒有人類的身體嗎？」

「是的。」徒爾深深頷首，接著說：「就在我差點被燒掉的時候，少爺奮不顧身地救了我。」

他們相遇的瞬間遠遠超出讀美的想像。

「差、差點被燒掉的時候，是指本體嗎？」

「正是，我背後至今仍有當時被火紋身的傷痕。」

徒爾一字一頓地描述當時發生的事。

當時徒爾還是幻本中人，他的本體離開主人，輾轉來到保管許多文書的地方。

那是家古老的鄉下私立圖書館。

失去主人的徒爾打算在那裡過完剩下的人生。

「我的本體具有歷史資料的價值，卻不像小說之類的讀物那麼好看。

「因此，我認為安分守己地待在那裡，以某種形態留傳給後世，才是我身為書的天命，希望能盡量留點東西給後人，將印在我身上的內容傳下去，問題是有一天……」

圖書館發生火災。

木造建築再加上大量的紙……星星之火一口氣發展成燎原之勢，吞噬大量的書。

當火舌終於伸向徒爾。

自己也要被燒掉了，末日比想像中還早來臨，就在徒爾正要放棄的時候——

「少爺衝進火場，救了我一命。」

「哇……」讀美下意識地發出感嘆，目光炯炯地望向並。「好像英雄或王子喔！」

並難為情地補充：「我剛好在找幻本，所以真的只是剛好。」

「沒錯，少爺知道幻本的存在，馬上察覺那是我的本體，抱著書衝出熊熊燃燒的火海。當時的少爺簡直是我的救世主，是我必須鞠躬盡瘁的君王。」

回想起當時的情景，徒爾感慨萬千地深深吸進一口氣再吐出來。

……真驚人的肺活量，氣息好足。

「沒、沒想到你們是在這種情況下相遇的……真是千鈞一髮啊，徒爾先生。」

「是的，所以這份恩情我沒齒難忘。」

「徒爾說得太誇張了，事實上，隻身衝進火災現場根本不值得鼓勵，事後被消防員罵得狗血淋頭，好孩子千萬不要模仿。」

「再怎麼說，多虧有少爺，我才能撿回一條命。」

徒爾以平靜的表情表示感激。

視線前方的並試圖轉移焦點地喝了一口紅茶，大概是害羞吧，臉有點紅。

「承蒙少爺的救命之恩，但我還以為少爺是要把我當成奇珍異寶賣掉以換取利益。畢竟這種書是稀世珍寶，可以賣很多錢。然而還不到三年，不才在下我就得到肉身了。」

「變成人類……那個，徒爾先生，我一直很想問，難不成是因為典子老……」

「咳咳咳唉唉唉！」

咳嗽之大聲，連空氣都為之震動，讀美嚇得噤若寒蟬。

徒爾一臉沒事人地說：「抱歉，大概是老了，喉嚨卡痰。」鬍鬚七上八下地動個不停，臉紅得跟什麼似地，剛才害羞的並根本不能比。

讀美決定不再深究下去，反正不用問也知道答案。再問下去，不是徒爾屁股底下顫巍巍的椅子先壞掉，就是讀美和並的耳膜先破掉。

「不、不過，變成人類不是好事一樁嗎，像篤武就超級羨慕。」並打圓場。

讀美望向篤武。

想成為人類的篤武果然抱著本體，從書架後面陰惻惻地瞪著徒爾，全身上下都流露出欽羨的氣息。

「總而言之，我無法以幻本的形態報恩，發誓這輩子都要忠實地服侍少爺。

「我想報答他的救命之恩……這個理由既單純又明快吧。」

讀美也認為這的確是基於單純明快的理由選擇的生存之道。話雖如此，認定主人，決定為主人盡忠的生存之道實在不是自己所能模仿。

徒爾的語氣沒有一絲迷惘，這種「安於自己的選擇」在英子身上也看得到。

「以上就是我的故事……」

徒爾偷偷觀察並的臉色。

不知是否注意到了，並慢條斯理地繼續喝杯子裡的茶，但好像早就喝光了。

他把空杯子放回桌上，面向讀美，微微一笑。

「……讀美，要不要出去走走？」

「咦，外面嗎？現在？」

「嗯，徒爾，這裡就麻煩你收拾了。」

並放下杯子站起來。徒爾也不問緣由，應了聲：「遵命。」

並沒作任何出門的準備，從一臉莫名其妙的篤武跟前走過，直接穿過書架，走向門外。

雖然不明白陰晴不定的老闆想做什麼，讀美也急忙跟了上去。

讀美走到外面，並已經站在書店前等她。

晴空萬里的藍天望不見一片雲，並抬頭仰望，視線與方才在櫃臺時一樣無神，然後慢慢地瞥向走出店外的讀美。

「抱歉啊，讀美，喝茶喝到一半突然叫妳出來。」

「不要緊……倒是你說出來是要去哪裡？」

「沒有要去哪裡，只是在裡面不好啟齒。」

「欸……那個，如果不方便說也不勉強。」

讀美為他找下臺階，並搖搖頭。

「沒關係，今天天氣很好，就在院子裡邊散步邊聊吧。是我想說，妳不用太在意。有時候像這樣說出口，透透氣，反而能保持精神上的平衡。」

並微笑著說，讀美雖然不明白他的意思，但還是點點頭。

「那就去宅子那邊吧，慢慢地繞上一圈大概要花個十分鐘。」

並說道，慢吞吞地邁開步子，讀美也隨後跟上。

圍牆包圍下的庭院還是老樣子，充滿自然的綠意，有如森林般。

讀美上次去大宅已經是一年前的夏天了，當時是為了去確認傳聞中位於書店後面的豪宅一眼，後來就沒有特別的事去大宅，畢竟是別人的住處，也不好意思在別人家裡走來走去。

「我之所以開始現在的工作。」

讀美側耳傾聽吹動樹梢的風聲與乘風而來的蟲聲，並雲淡風輕地開始敘述。

「徒爾已經知道來龍去脈了，但我不好意思讓篤武和芽衣聽到……連朔夜也不知道。」

「既然如此，讓我知道沒關係嗎？」

「我不是說過嗎，是我想說……大概是因為季節的關係，妳不用放在心上。」

從枝頭墜落的枯葉在腳邊沙沙作響。

再過一陣子，這一帶的樹葉也會變色吧。感覺秋天的腳步正慢慢走向夏日的尾聲。

「在說我的故事以前，妳的煩惱只有升學的問題嗎？」

「咦……呃，並先生的意思是……」

「我就不兜圈子了。我的意思是說，妳是不是也正在煩惱自己和朔夜的事？」

讀美努力表現得不慌不忙，內心其實十分狼狽。

沒想到看在周圍的人眼中是這個樣子，讀美反省自己最近的態度。

「那、那個……我看起來像是在為這件事煩惱嗎？」

「都當面問妳了，不就是最好的證據嗎？要不是有十足把握，我也不會過問別人的感情世界。不過，畢竟妳那麼努力掩飾，大概只有我和徒爾注意到。」

「徒爾先生就算了，沒想到你也觀察入微呢。」

「因為我們的人生閱歷多少有點差距嘛。更何況，我是大家的店長喔，守護各位在這裡工作的員工也是我的工作。」

並一臉得意的樣子，讀美忍不住笑了。

老實說，無法與任何人討論自己和朔夜的事比考試或出路更令讀美煩惱。

如果只是普通朋友，朔夜再忙，她也不會放在心上；如果是男女朋友，或許還能稍微試探一下原因。

問題是，他們的關係不上不下，卡得讀美進退兩難。

要是朔夜對她更冷淡一點，或許就能找人商量，但現狀是朔夜並未和她保持距離，反而是讀美單方面的焦慮也未可知。

正因為如此，讀美才對這種模稜兩可的狀況束手無策。

「可能是我多管閒事。總而言之，妳除了升學問題，也在煩惱朔夜的事對吧？」

「……對。我在煩惱和朔夜的關係，還有未來的事。」

「這樣啊……為了獎勵妳老實回答，稍微透露一些我赤裸裸的故事吧。」

「赤裸裸嗎？」

「嗯。」並附和的同時，一片黃色的葉片從頭頂的樹枝上輕飄飄地飄落下來。並敏捷地在空中抓住乘風而來的落葉。

並將落葉舉到眼前，隔著葉片望向天空，彷彿葉子上寫了什麼字。

「那是我高中三年級的事……。

「……當時正值炎熱的盛夏邁入秋天之際，我面對出路與戀愛皆裹足不前。」

並宛如嘆息般地娓娓道來。

第三章

在秋風的季節想你

十年前——幸魂市，大宮。

並那時候還是十七歲的高三學生，和現在一樣住在這裡。

這棟房子並不是並的物產，也不是他父母的資產，而是當時還健在的並祖父的產業。並升上國中就和父母分開住了。

那年八月，並與其他高三生無異，正埋頭準備考試。

他的出路早在很久很久以前——早在他生下來的時候——不，是早在他出生以前就決定好了，並的使命就是不過不失地跑在祖父為他鋪好的軌道上。

「將來要繼承祖父的事業——除此之外，我沒有其他選擇，也沒想過可以有其他選擇。」

「所以說，桃源屋書店從並先生的祖父那一代就有了？」讀美問道。

「非也。」並搖搖頭回答：「書店是我開的。我祖父的事業是更絢爛豪華、更一板一眼的那種。」

兩種極端的形容詞，讀美無法想像是哪種事業。

不過，她突然想到一件事。

「咦？既然如此……」

「誰也不知道人生會發生什麼事。」

並哈哈苦笑。

「沒錯，我並未繼承祖父的衣缽。我沒去考試，也沒去上大學。十年前的夏天，我遇見那個人，從此脫離家裡為我鋪好的軌道。」

「這、這就是所謂命中注定的相遇嗎！」

「嗯……說是人生被搞得天翻地覆還比較貼切。」

這句話說得很不客氣。

可是並的臉上卻充滿了懷念的平靜表情，與英子說她不後悔自己的人生時的表情如出一轍。

「我想我是墜入愛河了……呃，從自己口中說出來實在很不好意思，但我無疑是談戀愛了……沒錯。可惡，自己說真的很不好意思。」並害羞地說。

讀美也臉紅心跳地連聲附和：「哇！哇！」探出身子聽得入神。

讀美喜歡小說裡描寫的愛情故事，但更喜歡實際發生在認識的人身上的八卦，愛湊熱鬧的天性無人能擋。

「你、你們是怎麼認識的。」

「最初是在圖書館。」

「哇，真浪漫的相遇地點！」

「咦，是嗎？」

「那可是我個人的首選……當然，這純粹是我個人的興趣。」

「即使妳和朔夜不是在圖書館相遇？」

「呃……我的事就別提了。所、所以呢？接下去說。」

「我為了準備考試，去圖書館念書。」

陽光從樹枝的縫隙灑落。

並感到刺眼似地抬起頭仰望。

「外面很熱，在家裡讀不下書，也不想特地去學校，要是在咖啡廳待太久，難保不會被熟人看到，傳進個性偏執的祖父耳裡也很麻煩，所以那天幾乎也在圖書館待了一整天……」

◆◆◆

——開始念書過了多久呢？

不經意抬起頭來，有個女人坐在我面前。

年約二十出頭，看在當時的我眼中，就是個溫柔的大姊姊。

亞麻色頭髮長長地披在背後，閱讀的模樣簡直可以稱為詩情畫意了，我以前應該沒見過她。

因為只要見過一次，我一定會記得這個人。

嗯……要說她長得像誰嘛……我對明星不熟，無法舉例，但對方是個漂亮到就算自稱「我是女演員」，我也會深信不疑的美女。

她的氣質就是這麼迷離。

因為是暑假的圖書館，人來人往，有人坐在跟前是常有的事，但我無法自拔地凝視著她。

換作平常，直勾勾地看著對方鐵定很沒禮貌；換作現在，可能會挨芽衣的罵也說不定，還得小心被當成性騷擾……但我完全沒空思考這些問題，目光緊盯著對方。

猛然回神，已經和那個人對上眼了。

周圍的聲音彷彿全部消失。

事到如今，我總算能冷靜思考，感覺心臟中了一箭原來真有其事，但當時我腦中一片空白。

對方眨眼的瞬間，我終於回過神來。

連忙收拾東西，飛也似地逃離圖書館。

哇，真丟臉，千萬要幫我保密喔，絕對不能讓朔夜知道。

……事情發生在第二天。

還以為不會再見面了，去到圖書館一看——她也在，而且就站在入口。

連身長裙洋裝、圍在脖子上的天藍色絲巾令人印象深刻，站姿也跟模特兒沒兩樣，所以我馬上就發現是她。

可是，我們又不是朋友，正當我想視而不見地走過去。

對方卻微笑著主動叫住我：「你昨天也看到我對吧？」

要是男女互換，可能要報警了。十年前也跟現在一樣，高中男生的立場莫名薄弱……算了，這點先略過不表。

如同那頭亞麻色長髮，她的氣質也很溫柔，有點無依無靠的感覺，虛無縹緲，感覺難以捉摸……但她搭訕人的方式卻意外地大膽。比起被她叫住，這種不可思議的反差更令我感到好奇，不由得停下腳步。

不知是否看穿了我的心思。

「……你對我沒興趣嗎？」

她說，站在我平常經過的走道上，擋住我的去路。

這就是我與她——言葉的相遇。

我那天也是去圖書館準備考試的，但不知道為什麼，回過神來已經接受她的邀請了。

「要我陪妳去哪裡？還是要我陪妳做什麼？」

當時我講話非常沒分寸，比起來，朔夜還算是可愛的了。

我問得非常沒禮貌，就算惹她生氣也不奇怪，她卻引以為傲地讓我看她拿在手裡的書。

「哪裡都可以，一起看書吧。」

她笑得天真無邪地邀請我。

從來沒人這樣約我，害我大吃一驚，心想這也不壞。現在回想起來，這句話以搭訕的臺詞來說未免太莫名其妙，當時的我只覺得可疑歸可疑，這個姊姊真是太知性了。

「好是好……不能在這裡嗎？這裡就是圖書館。」
「嗯……我想去人更少、更安靜的地方。」
「人更少的地方，是要跟我獨處嗎？」
我語帶譏嘲地問道，言葉竟老實地點頭：「對呀。」這個人真的只是想跟我一起看書嗎，我甚至懷疑她該不會是智能不足吧。啊，不過不由分說地懷疑對方也很蠢就是了。
雖說哪裡都可以，但要是被祖父發現我不念書，跟女人在一起肯定很麻煩，所以我們穿過冰川神社，躲進神社後面的大宮公園裡。
時值盛夏，鬱鬱蒼蒼的樹葉遮住了陽光，蟬聲雖然嘈雜，但這天難得吹送著心曠神怡的涼風。
彼此報上姓名，完成簡單地自我介紹後，應她要求，在公園裡找到一張適合閱讀的長椅，我們在長椅上坐下。
「並，來，坐在我旁邊。」
她先坐下，向我招手，我難為情地在她身旁坐下。她其實只是要我看她帶來的書。不知道為什麼，她始終不曾放開那本書。
「那個……妳的手不放開嗎？」我問道。
「什麼？」她不解地側著頭，理所當然地說：「一旦放開，我就會消失了。」

「有本事消失的話，妳就消失給我看啊。」

「嗯，也不是不行。不過你可不要嚇到把書丟掉喔。」

我分明是故意找她麻煩，她也被我的壞心眼愣了一下，卻還是有點傷腦筋地笑著點頭——然後猝不及防地放開手。

下一瞬間，原本坐在旁邊的她居然如幻影般消失了。

「感謝你沒把書丟在地上，這下子你相信了吧。」

我茫然地拿著書，言葉再次出現在我身邊。

手放在書上，以一臉惡作劇成功的表情盯著我看。

「怎麼可能……難道是眼睛的錯覺……」

「不是喔，你一直盯著看不是嗎？」

「問題是，人怎麼可能消失。」

「世上還有許多你不知道的存在。」

我看得目瞪口呆，言葉竊笑著對我說，彷彿是在告訴我這個世界的秘密……就算她這麼說，我也不可能「原來如此」地坦然接受，只好閉上嘴，於是她又說：

「並，你摸我一下。」

「什麼……」

「沒事的，別害怕。」

……言葉好像以為我怕她。

其實是我不想接觸女人的身體。但或許是被盛夏的暑氣熱昏頭，我依言伸出手去。

提心吊膽地摸向她的手——可是卻撲了個空。

「幽、幽靈……？」

言葉向驚慌失措的我揭曉謎底：

「的確到了幽靈出沒的季節沒錯，但你猜錯了，我是這本書裡的人。」

沒錯，她……言葉是「幻本」。

也是言葉告訴我幻本的存在。

◆ ◆ ◆

「——如此這般，我愛上幻本中的她。」

哇！好害羞啊！並用雙手捧著臉說。

讀美也跟著把手貼在臉上，熟人的戀愛故事破壞力十足，反而是聽的人比較不好意思。

「……可是你口中的言葉小姐不在桃源屋書店吧？」

「對呀，相遇得突然，分離也很突然。她去旅行了，不知道去了哪裡……」

並放開手中把玩的落葉。

風穿過樹梢，攫住那片落葉，將其隱沒在草木中。

「不死心的我為了找她，到處蒐集幻本，結果開了桃源屋書店，一直到現在。」

「中間還救了徒爾先生？」

「嗯，我聽到傳聞，以為是言葉，趕緊衝進火災現場救她，沒想到救出來的是那個強壯的徒爾，嚇了我一大跳。」

讀美不由得苦笑。

有道理，尋找心愛的女人時，半路殺出徒爾這個程咬金，肯定會大吃一驚吧。

「書店的工作並不是繼承令祖父的事業對吧。既然如此，你是否也煩惱過呢？」

「煩惱過啊，放棄考試的時候，祖父氣死了，一拳砸在我臉上。」
「咦……」
「還說要把我逐出家門，要我這個不肖子孫死出去。」
「欸欸欸……」
「我還真的滾出去了，只是後來又被帶回去……祖父說隨便我，所以我又回來這裡生活。」
高三的並也曾經跟讀美一樣煩惱。
如今看上去與世無爭的他也曾經與家人劇烈地碰撞過……這點令讀美有些驚訝，也同時為這些碰撞都已經是過去式而鬆了一口氣。
讀美對並的另一個過去也感到耿耿於懷。
「請問……言葉小姐現在……」
並之所以成為現在的並，是因為幻本中的女性。
並努力尋找出去旅行的伊人，後來是否找到她了？並對讀美的疑問有氣無力地搖頭。
「我找不到她。所以一別至今，已經過了十年。」
「這樣啊……」
「雖然遺憾，但這也是一種緣分。」

「可、可是！桃源屋書店誕生自對幻本中人的愛情，這真是太浪漫了！總有一天，言葉小姐還會出現在這裡也說不定。」

讀美安慰並，並回以微笑。

「但願如此……我努力追尋也好，不努力追尋也好，或許終有一天會再見。這不重要，只要她過得好就夠了。」並以平靜的表情說道。

「過得好就夠了嗎……說得也是。」讀美確認自己的心情。

暫時見不到朔夜確實很寂寞，但只要他一切無恙，這樣就夠了……

走著走著，已經走到並的家門口。

院子是英式風格的庭園，屋子則像貴族的府邸。

「啊……不管看過幾次，都跟城堡一樣呢。」

讀美夾雜著嘆息的評語讓截至目前還算健談的並突然沉默下來。

「怎麼了……我說了什麼不得體的話嗎？」

「沒有，不是妳的問題，我只是突然想起有人跟我說過一模一樣的話。」

並苦笑著雙手扠腰，看著屋子說。

「這房子已經很舊了，有許多需要修補的地方，要繼續維持下去也不是一件容易的事……對了，朔夜現在應該在屋子裡喔，要去找他嗎？」

「咦，咦?!」

出乎意料的名字突然冒出來，讀美明顯地不知所措，並笑容滿面地等待她的回答。

讀美考慮了半晌。

「……還是不要了。」

「是嗎？為什麼？」

「因為在見朔夜以前，我還有一些事要想清楚。」

「與朔夜的事嗎？」

並觀察她的反應問道，讀美搖頭否認。

「不是，是將來的事。」

人生的方向與戀情的方向同等重要。

可是，如果說現在應該優先考慮什麼，無疑是前者。

至少在對方要求「等一下」的現在，自己一個人為愛情七上八下不過是一廂情願，陷入愛上愛情的狀態。

為了在朔夜忙完之前找出答案，也必須先解決出路的煩惱……這麼做肯定更有建設性。

「我想等朔夜真正有空時再好好跟他討論我們的事，所以在那之前得先解決其他問題。」

「這樣啊……嗯，這樣的確比較好。」

讀美雙手握拳，為自己加油打氣。並一臉我了解地點點頭，瞇細雙眼，彷彿看到什麼耀眼的東西。

「……讀美真了不起，跟那時候的我完全不一樣，當時我滿腦子只想到自己。」

「咦？」

「對了，讀美，我們去那邊。」

並突然走向宅子的左手邊。

不愧是豪宅的主人，熟門熟路地走向讀美從未踏進去的地方。

還以為走在開滿當季花卉的小徑上，小徑突然岔了出去。

走著走著，宛如草叢的灌木愈來愈密集。

沒多久，前方有座小小的隧道，細細的樹枝彎曲成拱門，彷彿阻止路人進入。但只要彎下腰，倒也不是不能進去……

「並先生，要穿過這裡嗎？」

「嗯。小時候——我還沒住在這裡的時候，曾經穿過這裡溜出去。」

「小時候，你現在幾歲？」

「再過一陣子，十月就滿二十八歲，是個大人了。」

「那不行，這裡不是給大人走的通道。更何況，你不是害怕毛毛蟲？」

「是沒錯，但人是會變的，我以前不怕。所以變成大人的我已經過不去了。物理上可能還過得去，但精神上無法負荷，大概會昏倒在裡面。」

「……變成大人的你？」

讀美有股不祥的預感，並微微一笑。

「最近我已經請園丁檢查過，這裡確實還過得去，除了蟲以外沒有任何可怕的東西，也沒有危險的昆蟲或植物。所以……讀美，上吧！」

「我就知道……話說回來，為什麼要我鑽進這裡？」

「難得來院子散步，我想這裡頭肯定別有洞天。」

「……那你也要共襄盛舉嗎？」

讀美盯著並看，但他只丟下一句：「我就免了。」逃命似地從隧道入口彈開。

「去吧，請慢走。」

「那我出發了——好痛！」

「啊，不好好看著前面會很危險喔。還有，要小心有刺的植物。」

「為何我非做這種事不可啊……」

讀美恨恨地瞪著打到額頭的小樹枝，走進隧道。

話雖如此，她其實有一點期待。

知名動畫電影出現過這種樹的隧道，再往前走，就會遇到毛茸茸的大妖精。聽說那部電影的舞臺就是以幸魂市西邊的所澤及狹山等地為藍本。

期待是一回事，但事情為什麼會變成這樣……讀美依舊搞不清楚狀況，彎下腰，鑽進秘密通道。

活像闖進仙境的愛麗絲，陽光從枝葉濃密遮天的上空透進來，照亮前方。

不過，讀美也不得不同意，並確實進不來。

到處都藏著難以形容的昆蟲，並肯定會嚇到動彈不得，甚至暈死過去。就連讀美，也必須強迫自己不去注意才能前進。

（問題是，這條路究竟通往哪裡啊……）

讀美還在納悶時，已經看到綠色隧道的終點。看來院子裡確實也不會有太長的隧道。

讀美像隻鑽出隧道的小老鼠，「咦？」地驚呼一聲。

「這裡……難不成是桃源屋書店的後面？」

「辛苦了，完全正確。」

讀美撥開沾在頭髮上的樹葉，並小跑步走來，看他喘得上氣不接下氣，顯然跑得很急。

「看樣子果然從隧道過來比較快，隧道是縮短移動距離的捷徑。」

「這裡和宅子相通啊，我都不知道……」

回頭看來時路，讀美不禁喃喃自語。

並雙手扠腰，望著隧道說：

「即使踏上陌生的道路，也會通往熟悉的場所。或許人生就是這麼回事。就算並非通往熟悉的場所，雖然很遺憾，很難過，但也只能說是沒有緣分。」

這句話無疑是在給煩惱的讀美提出建議。

「所以別想太多，先試著往前走吧。換條路走其實也別有一番樂趣不是嗎？」

「……對，你說得有道理。」

「還有，萬一將來找不到工作，可以來這裡上班喔。這家店會一直開下去，我也很歡迎妳來……話雖如此，我還是建議妳多方嘗試。人雖然隨時都能重新開始，但肯定是早一點開始，選擇比較多。」

讀美對並的忠告用力點頭。

他的建議實實在在地推了讀美一把。

「謝謝你，並先生。我還是想從事與書有關的工作，只是與書有關的工作琳琅滿目，千頭萬緒，我會從感興趣的工作開始研究！」

「嗯，嗯，我也覺得那樣比較好。只要是我幫得上忙的地方，我會盡量幫妳，加油！」

「好的。」讀美的回答換來並的鼓勵一笑。

「……啊，對了。我回家一趟。讀美，如果妳要回書店，可以麻煩妳跟徒爾說我馬上回去嗎？」

「沒問題。」

讀美與並分開，走向書店。

推開門，與外面截然不同的世界映入眼簾。

有生命的書，有生命的場所。

如今已經是很熟悉的景色，但第一次推開這扇門的時候，嚇了不只一大跳。

她不知道未來還有沒有這麼迷人的地方，她只知道自己不想離開這裡。

這家書店是讀美非常重要的容身之處。

之所以為升學的問題煩惱，不只是因為未來的不確定性，也不只是對自己的家庭及生活感到不安，不想離開她最喜歡的書店也是主要原因之一。

……可是，倘若離開後還能再回來呢。

讀美決定把這個條件也列入將來的考量。

「此時此刻」正是需要從眾多歧路選出一條路走下去的時刻。

見讀美回到書店，並靜靜微笑。

之所以會注意到她的煩惱，大概是因為正值往事湧上心頭的季節，讀美身上經常可以看到自己以前的影子。

走在家人為他鋪好的路上，從不曾煩惱過，然而就在夏末秋初的季節，煩惱找上了他……帶給他煩惱的人不是別人，而是有生以來第一次遇到的幻本——那本書裡的人，也就是言葉。

遇見她，並的人生改變了。

他不後悔改變後的人生。

每天都發生很多事，但也還過得去，就連與他大吵一架的祖父終究也認同並選擇的人生。與他人比較毫無意義，但是從相對的角度來看，他的人生算是比上不足，比下有餘了。只不過……

「……內心還是有許多放不下的事。」

並聳聳肩，看著讀美走過的綠色隧道。

有些記憶，就算過了十年，依舊歷歷在目。有些思念，就算過了十年，依舊不曾褪色。

總在獨處的瞬間，冷不防地掙脫過去，湧上心頭，足以證明尚未被好好地消化掉。

「言葉肯定會當我是小孩子吧。」

並苦笑。

看吧，又來了，這不是又想起來了。

他沒告訴讀美，自己曾和言葉在這棟屋子生活過。所以總在猝不及防的瞬間，讓她的存在從內心深處浮上心頭。

她就是這樣緊緊地抓住並的心。

如同她那本書裡的故事——

◆◆◆

「書本中的人……？」

摸不到言葉的手，並坐在大宮公園樹蔭下的長椅上，鸚鵡學舌地重複她說過的話。

「沒錯，就是書本中的人。」

「呃……我只聽過穿玩偶裝的人、為動畫配音的人……沒聽過書本中的人。」

「那只是你沒聽過，但現在我就實際站在你面前。」

「呃，這個嘛……算了。」

「並屬於適應力極強的人呢。」

「不是，我是混亂過頭反而會冷靜下來的人。」

「不管怎樣，要是你願意相信我，我會很高興的。」

言葉呵呵一笑，並按住太陽穴。

光是被剛認識的人拉出來就夠傷腦筋了，眼前的現象更是令他大受衝擊。他還以為世界上只有自己知道的事才是現實，原來也有他不知道的現實。

「……照這樣看來，土龍或幽浮應該也存在了。」

「唉，跟那些東西相提並論，心情有點複雜。」言葉苦笑著同意並的說辭。「不過，我也不是不能理解你的比喻。」

說得可能有點太過分了。並自我反省，卻沒有道歉。因為他很少向別人道歉，將來之所以會認為自己曾經是個死小孩，有一部分就是因為這個緣故。

儘管態度如此桀驁不馴，並倒是對她很感興趣。

「告訴我那本書的事。」

面對並毫無禮貌可言的要求，言葉連眉頭也不皺一下地答應了。

「世上有些書是有生命的，就像人類的靈魂宿在肉體裡，在機率極低的情況下，偶爾也會有靈魂宿在書本裡，就像我這樣。所以那本書是我的身體。」

聽到這句話的瞬間，並心跳加速。

自己正摸著言葉的身體。光是意識到這點，手裡拿著書的意涵就一下子完全不同了。

言葉沒有察覺到並的心猿意馬，繼續說明。

「你摸不到我的手對吧？」

「……穿過去了。」

「沒錯。你看到的人只是我幻化成身體應該要有的樣子，所以碰不到。就像立體投影，不是也碰不到嗎？就是那種感覺。」

即使聽到她的說明，並仍然半信半疑。
反而懷疑起四周是不是藏了什麼立體投影裝置，她是活生生的人，只是躲在別的地方。
不過，想更了解她的心情依舊沒變。
他想更了解這本不可思議的書，和這位自稱書中人的女子。
「……妳有名字嗎？像人類那樣。」
「呃，我叫『幻本』。」
「幻本的幻……跟古語的桃源鄉是同一個意思嗎？」
「是的，就是從『美好的場所』引申成『美好的書本』，不過這是我剛剛才想出來的名字就是了。」
「什麼鬼……」
「哇，最近的高中生講話好難聽啊，還是只有你講話這麼難聽。」
「……這是什麼原理？靈魂為什麼會進到書本裡？」
「這個嘛，因為每本書都有一個世界。老實說，我也不太清楚。」
「妳也不太清楚……會不會太敷衍了？」
「因為知道幻本的人本來就很少嘛。就算世界上真的有頭腦再聰明的學者，也無法研究連有沒有都沒人想過的存在不是嗎？」

「只要去找願意研究的人，肯定會有人願意研究妳吧。」

「我不想被研究，也不想被解剖。而且這不重要，重要的是……」

言葉把自己的本體塞進並手裡，雙眼閃閃發光地要求他：「快點看嘛。」

這時的並還不知道該怎麼拒絕漂亮大姊姊霸王硬上弓的勸說，且開始對內容感到好奇。既想知道有沒有立體投影裝置，也想知道她的真實身分，所以便依言接過她的本體，翻開。

若問當時的並喜不喜歡看書，他的答案大概會是「不喜歡也不討厭」。

除了學習要看的書，頂多只看過學校要求的課外讀物和祖父要求他看的書，並沒有特別喜歡的書。他對書的認識當時還停留在書只不過是區區的一疊紙。

並有生以來第一次看到入迷的書，就是言葉的書。

她的本體是文庫本小說。

封面有如世界地圖，內容講述一位旅人的故事。

描寫主角沒有目的地，也沒有終點地前往未知的世界，在旅途中經歷了各式各樣的發現……無拘無束的主角總是把「我出走，是因為想活下去」掛在嘴邊，每翻一頁，並就被吸引進故事裡一點。

感覺這本書給了自己現在沒有的東西。

讓他足以忘記現實世界的悶熱、撼動耳膜的喧囂蟬鳴、滿身黏膩的汗水……甚至忘記自己到底專心看了多久。

「啊……糟了。」

言葉慌慌張張地說，強制性地闔上書，這才讓並抬起頭來。

「等等，我還沒看完……」

並的抗議戛然而止。

雨點打在他的臉頰上。

言葉抱著自己的本體站起來，一副隨時都要衝出去的樣子。

她的身體——本體是紙做的書。

被雨淋濕可怎麼辦才好。

即使事出突然，並也能想像。

而且從她的緊張也能看出她擔心書被雨淋濕，因此——

「給我！」

不等言葉回答，並一把抓住她的本體。

打開皮包，拿出折疊傘，把言葉的本體塞進去。儘管活像綁架現象，但言葉什麼也沒說，消失在書裡。

並撐開傘，打算衝向可以躲雨的建築物。躲進室內，言葉就不會弄濕了。但緊接著就聽到打雷的聲音。

看樣子，這場雨有得下了……預料到這一點，並稍微想了一下，朝皮包裡的書撂下一句：「……言葉，去我家吧。」彷彿要逃離傾盆大雨似地拔足狂奔。

並猜得沒錯，盛夏的雨一口氣下得又快又急。

雨勢大到撐傘根本毫無意義，不只從上空傾瀉而下，還在地面反彈後從下方打濕並。

儘管已經盡可能跑在比較不會被雨淋到的樹蔭下，並回到家時還是淋成落湯雞，雖然濕到凡走過必留下水窪的狀態，唯有幾乎用傘包覆住的皮包倖免於難。

確定身邊沒人後，並窩進自己的房間。

「並，謝謝你，救了我一命。」

打開皮包，拿出那本書，言葉現身，聲音極微弱。

「幹嘛那麼小聲？」

「因為，高中男生帶不認識的女生回家，要是被你家人知道，很難解釋吧。」

「這倒是……不過別擔心，牆壁很厚，附近也沒有其他人。」

「是嗎？那我就不客氣了。」

言葉四下張望了一番。

見言葉完全沒有淋到雨，正用毛巾擦頭髮的並不得不相信她真的不是人類，是與自己全然不同的存在。

「話說回來，你家好大呀，好像我故事裡的城堡。我還是第一次進到這種大宅子裡。」

「妳明明待在皮包裡，看得見外面嗎？」

「看不見，不過光看這麼寬敞的房間就能猜到。」

並也重新看了一遍自己的房間。

房間的確很寬敞，相對之下東西很少，給人一種空曠的感覺。

「再加上我剛才還聽到傭人問你：『並少爺，要換衣服嗎？』原來你是有錢人家的少爺啊。」

「……什麼有錢人家的少爺，那又不是我努力得來的結果，我只是剛好出生在這樣的家庭裡。」

並很討厭人家叫他「少爺」。

好像自己的名字被定型，每次有人這麼稱呼他，他都會覺得呼吸困難。

「只因為我是祖父的孫子，大家才當我是一回事……沒有人在乎我這個人。」

並說完這句話，怵然一驚。

他沒打算這麼說，卻情不自禁地脫口而出。

或許因為言葉是陌生人，房間又是自己熟悉的領域，所以不經意卸下心防。

「……剛才那句話……」

「沒人在乎你，很寂寞吧。」

言葉靜靜地低語，打斷急忙想打馬虎眼的並。

她一瞬也不瞬地凝視自己懷裡的書。

小巧的文庫本，封面十分精緻。

「要是沒人看見我，沒人閱讀我的話——我也會很寂寞，所以我渴望被閱讀。」

言葉說道，遞出自己的本體。

並一言不發地接過，只見她開心地笑成一朵花。

並換掉被雨淋濕的衣服，接著剛才看到一半的地方繼續讀下去。

雨滴敲打著窗玻璃，不時傳來轟隆作響的雷聲，但房裡非常安靜。隔著一片窗戶，只有他們兩個人的房間與外界彷彿是兩個世界。

並欲罷不能地往下看，有如被吸進言葉的書裡。

……不多時，終於來到最後一頁。

看完最後一頁、最後一行，最後一個字，故事裡漫長的旅途終於走到終點。

感覺心靈彷彿被填滿了，真不可思議。肯定是因為故事裡的主角也被填滿了心靈吧。

故事的終點，主角抵達某個地方。

那一瞬間，他的人生大概圓滿了。

透過最後一頁，並也感受到他的心情。暖暖的、柔柔的、有如被捧在掌心裡，那是一種放心的感覺……

「感謝你的閱讀。」

並還沉浸在讀後的餘韻裡，被言葉的道謝拉回注意力。

這才意識到自己竟有一瞬間搞不清楚目前身在何方。

大概是因為他在主角身上看到自己的影子，陷入自己結束一段漫長的旅行，成長了，有些地方變得判若兩人的錯覺。

看了看時鐘，離他開始閱讀已經過了一個小時。

相較於自己疑似體驗到的壯遊，一個小時簡直是彈指之間。

「順序似乎顛倒了，但也謝謝你剛才保護我不被淋濕。」

「不……不客氣。」

「喜歡嗎？」

「什麼？」

言葉突如其來的問題令並呆若木雞。

「怎、怎麼這麼問？」

「你喜歡這本書嗎？」

並這才冷靜下來。

還以為她突然沒頭沒腦地問什麼，原來是對書的感想，同時也覺得自作多情的自己很丟臉。

「嗯……還不賴。」

並含糊其詞地回答，不好意思說出「喜歡」這兩個字。

言葉還是笑得很開心。「是嘛。」

擺明了即使得不到「喜歡」的答案，只要能被閱讀就很欣慰了。

「……妳就這麼想被閱讀嗎？」並問道。

「嗯，非常想。」言葉坦承。「我想被許多人閱讀。因為我是被翻譯成日文的書，所以很難被全世界看到，但我希望全日本的人都來閱讀我的故事。」

「渴望自己的存在獲得認同嗎？」

「大概是吧。但也不只是那樣……如你所見，我是一本書。」

「看樣子是，雖然我嚇了一跳。」

言葉這句話的語氣平鋪直述地像是在說「如你所見，我是日本人」，並只能報以苦笑。這是他有生以來第一次遇到像她這樣的人——不對，像她這樣的書，也是第一次進行這樣的對話。

「所以啊，為了寫出這個故事的人——這本書的作者，我也希望能被閱讀。我不清楚作者寫作時的心情，但我猜肯定是嘔心瀝血的作品。」

「也對，單從寫成一本書的字數來看，顯然不是件容易的事。」

「光靠作者把故事寫成一本書，人們是不會看的，必須要有人介紹給讀者。」

「原來如此，妳的意思是說，書本身要成為傳遞的媒介。」

「沒錯。自己說有點沒公信力，但我認為我是本好看的書，只可惜賣不好。」

言葉一臉沮喪地說。

表情很不甘心，還透露著一絲絲的無法釋懷。

「我想連同一起被印出來的兄弟姊妹的份，被許多人閱讀，所以才到處旅行。」

彷彿為了打破就快要變得灰暗的氣氛，言葉抬頭挺胸地說，一臉「大姊姊很了不起吧」的表情。

並聳聳肩，代替回答。

「我知道妳想去旅行，不過外面正在下雨，看來妳暫時出不去了。」

「啊……」言葉順著並望向窗外的視線，輕呼一聲。

雷鳴雖然逐漸遠去，大雨依舊淅瀝嘩啦地沖刷著大地，絲毫沒有要削弱氣勢的意思。

「……雨停之前，妳要不要先待在這裡？」

並不動聲色地建議。

言葉原本不安地看著被滂沱大雨搞得霧濛濛的世界，驚訝地望向並。

「可以嗎？」

「可以，不過……妳要讓我再看一次那本書。」

「再看一次？」
「只要妳不介意，兩次、三次都無所謂。」
言葉對並提出的交換條件眨了眨眼睛。
這大概表示她理解並的意思了。
言葉臉上堆滿足以讓雨雲散盡的笑容。
「怎麼了……妳該不會是很開心吧？」
並感到匪夷所思，言葉笑著點頭。
「很多人都向我說了各式各樣的感想，但你是第一個告訴我還想再看第二遍的人。」
「……我只是覺得剛好可以用來打發時間。」
「這表示你把閒暇時間給我不是嗎？我好高興。」
言葉的喜悅過於真誠，並想不出還能怎麼出言嘲諷。
就在他一聲不吭的時候，言葉把書遞過來。
「不嫌棄的話，請看。」
那天，雨勢時而變小，但始終下個不停。
言葉在並家待了一整晚，睡在並的書桌旁，擺放參考書的書櫃裡。但主動開口說要收留她的並卻一夜無眠。

原因不光是與言葉孤男寡女共處一室的緊張。

而是他一直在思考要怎麼留住她。

早上醒來，要是雨停了，她就會出發去尋找下一個讀者吧。把自己的故事烙印在並的心版上，飄然離去。

但並還想繼續閱讀。

他從不知道，想把自己喜歡的書留在身邊，希望處於隨時都能閱讀的狀態是如此傷神的一件事。豈止是出乎預料，他連作夢都沒有想像過事情會變成這樣。

她的故事竟是如此打動並的心。遇見她以後，並才知道還有這種故事。

因此並還不想讓她走。

不希望他們的相遇只是漫長人生中僅僅一天的萍水相逢。為了不這麼結束，並絞盡腦汁，比填試卷更認真百倍地思考。

徹夜未眠，想出的答案是什麼？

早上，並對從書櫃現身的言葉說：

「今天可能也會下雨喔。」

終究只能用這麼蹩腳的臺詞留住她。

真是個傻瓜。並望著映入眼簾的天空，詛咒自己的愚蠢。窗外是萬里無雲的好天氣。就算功課再好，考試都考高分，卻找不到像這種時候該說的話，真沒用。

明明只有一次機會，卻作出錯誤的選擇……

「說得也是，最近經常下局部豪大雨。」

言葉的回答十分貼心。

明知並的挽留很幼稚，既沒有笑他，也沒有推翻他的說詞。她的故事也是如此，是一個不推翻故事的故事。

「可是，我一直待在這裡，會不會給你造成困擾……」

「才不會！」

回過神來，並已經扯著嗓門挽留她了。

看過她的書，知道她大概不會拒絕。因此即使痛恨自己的卑劣，與其就這樣與她道別，並依舊選擇強硬地留下她。

「才……才不會造成什麼困擾。所以，在天氣好轉之前……對了，妳可以在這裡待到秋天。」

並搶在言葉回答前先連珠砲地說，藉此堵住她的退路。

言葉有些詫異，直勾勾地看著並的雙眼，清澈的目光筆直地射向並，彷佛要看穿他心裡在想什麼。
並緊張得動彈不得。然後，言葉嫣然一笑。
「……那就承蒙你的好意了。」
她的答案讓並放下心中的大石頭。
還能跟她繼續相處，不是僅止於一天的關係。一思及此，內心不免充滿期待。

……如此這般，言葉在並家裡逗留了一陣子。
那段時間，並常常帶她出去，反覆閱讀她的本體。
熟讀到特別喜歡的段落幾乎都已經能倒背如流。
她的故事從那些段落滲進自己心底，把自己和她緊緊地牽繫起來。閱讀故事，了解她，並感覺自己似乎變了一個人。
可是，人不是那麼容易改變的。
因此並每次看到言葉表現出要去旅行的跡象，就會以「我還沒讀夠」為由來挽留她。雖然明擺著是孩子氣的任性要求，雖然言葉總會隱約露出憂傷的神情，但每次都會答應他的要求留下。
隨著日子一天天流逝，灼熱的豔陽逐漸降低了威力，蟬聲變得愈來愈微弱，宛如瀑布般傾盆倒下的雨和縱斷日本的颱風也變少了，夏天終於接近尾聲……

意識到的時候，距離相遇那天已經過了一個月以上。

放完暑假，並也恢復尋常高中生的生活。

或許是停滯不前的秋雨前線總算南下，滴滴答答的秋雨幾乎已經不再下了，就連皮膚也感覺得到風裡不再夾帶水氣。

有一天。

一如在大宮公園的相遇，並坐在院子的涼亭裡閱讀言葉的書。

這是家裡比較不會被人看見的地方，園丁今天不會來，祖父也不在家，暫時沒有客人上門。

與並一起在房間以外的地方時，言葉擔心被別人看到，通常不會出現，此時此刻卻坐在並身旁。

「並，已經是秋天了。」

言葉突然冒出這句話，並整個人愣住。

他並不是沒有心理準備。

也不是沒發現季節的腳步一刻也不停留地向前邁進，已經好幾天沒下雨了。

就連言葉要說什麼，他也心裡有數。

「……是嗎？還很熱啊。」

「已經很涼了，你的制服也已經換成冬天的款式。」

「那只是走一個形式，街上還有很多人穿短袖。」

「有些人再冷也穿短袖。」

「我還是覺得很熱。」

「……我該走了。」

言葉靜靜地說。

並不看她，握緊她放在自己膝蓋上的本體。

「外面很冷喔。」

「還要好一陣子才會下雪，而且你不也說還很熱嗎？」

「我是說現在還很熱，很快就變冷了。」

「可是再拖下去，我就走不了了。」

「既然如此——」

待在這裡不就好了。並吞下衝到嘴邊的話。

或許無法再挽留她了。

如果像相遇時那樣，趕在她說出計畫前先打斷她的話頭，溫柔的她大概又會屈服。

但並不確定是不是該這麼做。

因為他很清楚言葉的心願。

更何況，她一開始就說過——

為了寫出這個故事的作者，我希望能被更多人閱讀。

自己由始至終都沒有資格對她的人生指手畫腳……她已經陪了並一個月，要是再繼續強留她，她一定會很苦惱。

就算是這樣，只要她願意選擇自己，一切都無所謂。並自私地想著。

想來想去，只要能讓她留在自己身邊，再任性的話他都說得出口，才不管她的心願是什麼。可是誰也無法保證她會選擇自己。並一整個月都在尋找她會選擇自己的證據，也因為始終找不到而心煩意亂。如今，這一天終於來了。

沒有被選中的心情太慘淡，令人火大。

「——既然如此，隨便妳愛去哪裡去哪裡，反正我很快就會忘記妳了。」

並氣沖沖地說。

並不看她的眼睛，說得極為冷淡，早已不在乎明明是自己剝奪了她的選擇。因為不想讓自己受傷，明知這麼說會多傷她的心，卻還是故意說出傷人的話。

儘管如此，言葉也沒生氣。

「抱歉。」把頭轉到一邊的並耳裡傳來充滿歉意的低喃。

「嗯，我明白了……並，謝謝你這段日子的照顧。」

言葉抽走並手裡的書。說了聲「再見」站起來，轉身離去。

並默不作聲地凝望她削瘦的背影漸行漸遠。

她走了……即便如此，並還是意氣用事地一動也不動，嘴巴也像上了拉鍊，一句話也不說。明知再這樣下去，這輩子再也見不到面，從此各分東西……

就在並的心情千頭萬緒時。

「並！」

開始染上秋色的樹葉被風吹動。

言葉在落英繽紛的前方回頭。

「別忘了我！就算只有吉光片羽也好……請記得我！」

她高聲說，並只能茫然地注視著她。

得不到並的回應，言葉留下一抹有些失落的寂寥笑容，最後又大喊一聲。

「有朝一日，後會有期！」

◆◆◆

並坐在院子裡的涼亭中，嘆息似地喃喃自語：

「……後會有期嗎？」

原想在院子裡走走就回書店，回過神來已經在這裡了。

彷彿不知不覺就被帶到這裡來，以並現在的狀態來說，要綁架他大概比誘拐小孩還容易。

「發呆過頭了……」

並也知道自己的症狀十分嚴重。

每年到了這個季節，都會想起言葉。

然而，今年比往常還要誇張……

想必是因為身邊有個跟十年前的自己立場相同的準考生，喚醒自己內心深處的過去。把每件事都連起來想也於事無補，但如此棘手的狀態令並頭痛不已。

「已經過了十年……言葉，妳如今人在何方？」

——「有朝一日，後會有期」

她臨走前留下這句話。

問題是，那個「有朝一日」到底是哪一日？

自己到底要等到什麼時候？

言葉並沒有要並等她，並也沒說自己會等她，所以大可不用等待那個「有朝一日」。只要沒有期待，就不會失望。

可是，並依舊在內心深處抱著微弱的期待度過每一天。

……期待那個「有朝一日」或許就是今天。

每次經過屋子四周或冰川神社、冰川神社的參道、大宮公園時，總會在熙來攘往的人群中尋找她的身影。每次去到陌生的城市，也會尋找她的蹤跡。

然而什麼都沒找到，每次都會一廂情願地覺得自己的滿腔期待被辜負，為此大失所望。

這樣的生活已經過了十年。

言葉離開那天，他還是十八歲的高中生，如今再過十幾天就要二十八歲了。

一路走來遇見許多人，並的年紀已經比當時的言葉還大，性格也比那個時候圓滑許多。

唯獨不曾再遇到言葉，一次也沒有。

「……算了，真的只要她過得好就夠了。」

並自言自語地長嘆一聲，彷彿是要說服自己。

只要言葉能繼續平安無恙地旅行，那樣就夠了。或許她已經實現心願，一路上收穫許多讀者，早就忘了自己。

那樣也沒關係。

反正自己總有一天也會忘記她。

就算並現在的性格無疑是由她和她的故事造成的，就算自己有多後悔那一天、那一刻只能說出那種傷人傷己的道別。現在雖然還走不出來，但是就如同夏天的綠意再濃烈，到秋天還是會逐漸褪色那樣，隨著歲月流轉，總有一天，他遲早會，一定會……

「……會有那麼一天嗎。」

並搖搖頭，趕走雜念，打起精神站起來。

回書店吧，徒爾和讀美還在等他。獨處只會讓他思考一些無謂的事。不會有結論的事想再多也沒用……

走出涼亭時，並望向門口。

風吹動院子裡的樹葉。

景色與十年前相仿，可是卻不見那個心心念念的身影。那人的身影就像盛夏陽光篩落的影子，還深深地烙印在腦海，揮之不去……

「秋來目未見，耳畔遙響風欷歔，自覺秋已臨……嗎？」

這是藤原敏行收錄於《古今和歌集》裡的詩——距離這首詩吟詠的立秋早已過了一個月以上。

並瞇眼看著枯葉飛舞散落的光景，轉過身去，走回書店。

秋天的腳步近了。

第四章

記憶與回憶的篇章

暴風雨肆虐，吹走了一切。
包括旅途中定義「我」這個人的證書、
記錄以前走過哪些路的記事本。
當我失去了這一切，
我不知道自己身在何方，
同時回想起旅途中經過的
那些溫暖平靜的地方。
身心俱疲的我祈求上帝，
求上帝引領我
再次回到那個地方……

——摘自千夜一夜著《旅行與我的故事》

時序進入十月，又過了幾天。

九月下旬，距離讀美來桃源屋書店請教並和徒爾已經是兩週前的事了。

讀美這兩個禮拜一直在思考自己將來想做什麼。

兩週前的結論是將來想從事與書有關的工作，那麼追根究柢是什麼工作呢？要從多如繁星的工作中選擇哪一個呢？讀美認真面對自己的未來，還曾因為用腦過度而頭痛。

想了再想，查了又查，一再地抱頭苦思，終於有了回報。

終於找到答案。

為了再跟典子討論一次，讀美出現在放學後的圖書館。

「妳想成為修書人？」

典子反問，讀美用力點頭。「對。」

她和典子坐在閱覽室隔壁的辦公室裡。

由好幾種香草調配而成的香味從典子給她的茶杯裊裊上升，其中以迷迭香的香氣特別濃郁。據說迷迭香具有提升記憶力的效果，是考生的好幫手。

「回顧自己一路走來的人生，想了很多，最後終於想通，我想向書本報恩。」

「妳以前好像也說過同樣的話。」

「對，而且典子老師也說我辦得到。」

一年前的夏天，就是因為聊到這件事，典子介紹讀美去桃源屋書店。

倘若典子當時沒有告訴她桃源屋書店的事，就沒有今天的自己。在書店度過的那一年，遇見許多美好的人，得到許多寶貴的經驗，無疑是那些經歷造就現在的自己。

與幻本相遇後，讀美更愛書了。

與有生命的書一起生活，讓她更喜歡以前就很喜歡的書本。

因此，如果有什麼是自己可以為那些書做的……

「……考慮到如何報答書本，我第一個想到就是修補書的工作。再怎麼小心翼翼，書還是會破損，但破損是可以修理的……桃源屋書店也讓我做過修補書的工作，我也從中得到過成就感，認為自己對書做出了一點貢獻。」

「修補的人之於幻本，就像醫生之於人類，肯定能報答書的恩情。」典子說。

「但我認為還不夠。」讀美搖搖頭。「我的修補技術還太粗淺，我想變得更專業。雖然已經沒有那麼笨手笨腳了，但是和並先生比起來還差得遠……而且我查過了，真的有書本醫生這種工作。」

「原來如此，所以妳想成為修書人啊。」

「是的。」讀美點頭。

如果破損得不嚴重，圖書館也像桃源屋書店那樣可以自行修補，但是據讀美所知，也有一種專門從事修補的人負責處理更嚴重的破損。

知道這點時，讀美心想「就是這個！」

修補破損的書……這項工作與自己追求的未來藍圖、想向書本報恩的心願不謀而合，雖然有點擔心自己笨手笨腳，但那已經是其次了。

「可是根據我調查的結果，沒有專門教人修復書本的大學或專科學校……典子老師，妳知道這方面的門路嗎？」

「這個嘛……如果是修復文物，大學的美術系有這方面的科系；如果是立志成為製作書本的專家，也可以報名國考，取得製本技能士的資格。但是這些都跟妳想的不太一樣。」

沒錯。讀美有氣無力地點頭。

典子說的那些她都知道，但是那些和自己追求的方向略有不同。讀美想從事修復書籍的職業，既不是修理文物，也不是製作書本。

更何況，她術科的考試成績實在慘不忍睹，壓根兒沒想過要去念美術大學。就算立刻開始練習素描，笨手笨腳的讀美也很難考上美術大學。

「我只想學習如何修復書本，就沒有剛好在教這個的出路嗎？」

「嗯……以前的專科學校是有專門修復紙的科系，但我聽說現在已經失傳了。目前雖然有這方面的短期講座，但是要發展成將來的職業嘛，似乎不太容易。」

「我想也是……」

「不過，倒也不是完全沒有紙山同學追求的方向喔。」

「咦，有嗎？」

原本垂頭喪氣的讀美突然抬起頭來，看著典子。

「有是有……不過需要相當大的決心，可能跟妳原本想像的完全不一樣。」

「請告訴我！」

沒想到天無絕人之路，讀美興沖沖地追問。

思緒已經完全卡住，只想找出打破僵局的方法，就算希望渺茫，也不想錯過任何走出迷宮的提示。

「就是啊……妳可以加入這方面的工作室。」

典子的答案令讀美眼睛為之一亮。

「有這方面的工作室嗎？」

「有的。有專門修復書的工作室或公司……也就是說，去找修復書的工作。」

「呃……這不成了雞生蛋、蛋生雞的問題嗎？」

「就是這麼回事。」典子對讀美的比喻露出苦笑。「因為妳還在考慮升學的問題，或許我不該提出就業這個選項。」

「……的確，我一直認為非升學不可，認為如果能往上念，就應該繼續往上念……」

「我們當老師的都這麼告訴學生，學生會這麼想也很正常。」

「完全沒想過還有別的選擇……」

讀美驚得眼珠子都快掉下來了。

經常可以聽到如果可以升學，最好繼續念書、為了將來著想，要考上好大學。

……問題是，他們口中的「將來」究竟是指哪裡？

「也有很多人決定畢業以後就工作，但我身邊的朋友都要考大學，我姊姊也念過大學，所以我一直以為自己也該走上這條路。」

「對呀……不過，那只是一般人的價值觀，並非正確答案。」

「只是一般人的價值觀，並非正確答案？」

「沒錯。」典子點頭。

「如果已經看到自己的目的地，當然是一直線走過去比較快。就算那條路跟別人不一樣，也可能是正確答案。

「因此，如果紙山同學徹底衡量過利弊得失，現階段認為那就是自己的未來，那麼老師認為這也不失為一個方向……不過，這條路很難走喔。」

讀美思考典子說的話。

好處就像典子剛才說的，可以快點抵達目的地。壞處恐怕是當她發現「不是這條路」的時候會後悔，又或者因為「回頭太難」，換工作的時候會很傷腦筋。

……可是，她不想一開始就往壞處想。

讀美下定決心，一口氣喝光杯子裡的茶。

「……要怎麼進入那種工作室呢？」

讀美幾乎是不假思索地問典子。

她已經在腦子裡重複過無數次這種模擬畫面了，得出一個結論。無論選擇哪一條路，遲早都得面對過不去的難關。既然如此，不如選擇此時此刻不會後悔的答案。

典子似乎也從讀美的問題裡察覺到她的決心。

「並比我更了解這方面的門路，妳可以去問他。」

典子靜靜地微笑點頭，為讀美點亮一盞指引方向的明燈，一如當初告訴她要如何前往桃源屋書店時那樣。

「並先生的話……有道理。好，老師，我去問他！」

讀美說完便站了起來，朝典子行個禮，快步離開辦公室。

「加油。」典子笑著目送她離去。

讀美走到樓梯口，心曠神怡的秋風迎面而來。

那陣風彷彿從背後推了她一把，讀美不自覺地加快前往桃源屋書店的腳步。

從學校走向書店的讀美一如往常地從第二座鳥居轉進冰川參道。

「又到了能舒服散步的季節……」

讀美走在參道上，情不自禁地低喃。

前陣子還穿著短袖喊熱的人都換成長袖了，甚至還有人穿上大衣等外套，另一方面，幾乎看不到撐陽傘的人。

氣溫變化劇烈到影響人們的穿著，就連吹過幸魂市區的風，早晚也冷得讓人打哆嗦。

或許也因為如此，冰川參道的樹葉一點一點、一點一點地以龜速慢慢從綠色變成黃色。夕陽穿過樹梢的瞬間，葉子邊緣金黃閃爍，風吹過，沙啦沙啦的乾澀聲響遍整條參道。已經聽不見蟬聲了。

季節就在這一個月瞬間從盛夏變成深秋。

讀美四下張望，覺得這種變化很有趣。

距離上次去書店打工時經過參道明明還不到一個禮拜的時間，卻已經有這麼明顯的變化。

逐漸變化的景色很像讀美的內心世界。

不久之前還茫無頭緒地感到不安「不知道該往哪個方向前進」，如今已變成比較積極的想法「該往哪個方向前進才好」。而且她有預感，目的地將會愈來愈具體。只要能看見具體的目的地，就能再往前跨出一步。

走在筆直通往冰川神社的參道上，沒多久，前往書店時一定會經過的轉角就出現在眼前。

這時，讀美察覺到不太對勁。

有人坐在前方隔著參道的石階上。

（哇……好漂亮的女生……）

女人的側臉從前方映入眼簾，讀美不禁看傻了眼。

約莫二十二三的年紀，直又長的淺色髮絲垂在背後，彷彿輕輕一碰就會發出沙啦沙啦的聲音。鼻梁高挺，眼神清澈，穿著連身長洋裝，脖子上圍著天藍色的絲巾，如詩如畫的坐姿簡直跟模特兒或女演員沒兩樣。

而且手裡還拿著文庫本。

女人的目光並非停留在書上，而是心不在焉地盯著地面。地上什麼也沒有。她的表情就像在作夢……

讀美正要轉過街角，總覺得放心不下，自知失禮卻還是帶著窺探的視線靠近她……就在讀美走到女人面前時。

枯葉掙脫樹枝，往女人頭上墜落。

只見那片枯葉穿過女人的身體，飄落在地上。

「咦？剛才那是……」

眼前看到的光景令讀美不由自主地停下腳步。

記憶往前回溯。

她應該沒有眼花。

落葉從女人的髮旋穿過她的臉，掉落在地面上……嗯，讀美確定自己沒有看錯。

女人察覺到讀美停下腳步，抬起頭來。

（哇……）

被她深不可測的清澈目光一看，讀美不由得緊張起來。

從正面看也是無懈可擊的美女，光是與她四目相交，就足以令人臉紅心跳，彷彿要被吸進略帶憂傷的眼眸裡。

「呃……我……」

「？」

讀美欲言又止，女人微側螓首，露出平靜的微笑。

就連這個小動作也無比的優雅美麗。讀美從眼前的女人身上深刻感受到自己沒有的成熟魅力，鼓起勇氣問她：

「不、不好意思……請問我可以問妳一個莫名其妙的問題嗎？」

「什麼問題？」

「……妳聽過幻本嗎？」

讀美戰戰兢兢地問。

不是因為與女人對上眼。

而是腦海中浮現出並前幾天告訴她的事——幻本中的女性——言葉。

那位幻本中的女性漂亮到就算說她是模特兒或女演員也不會有人起疑……雖然不知道詳細的特徵，但幻本原本就是稀少的存在，眼前的女性很有可能就是名為言葉的幻本中人。

並說創造出幻本這個單字、告訴他這個單字的人就是言葉，既然如此，倘若眼前的女性知道這個單字，十有八九就是言葉本人。

讀美滿心期待，萬一她真的是言葉，並想與她再見一面的心願就能實現了。

然而，女人神色自若地搖頭。

「抱歉，我不知道妳在說什麼……」

一頭霧水的表情不像在撒謊。

「呃……那妳也不認識棚沖並嗎？」

「棚沖並……」

女人確認似地在口中複誦這個名字。

「……抱歉，我好像也不認識這個人。」

「這樣啊……」

讀美趕緊向滿臉歉意的女人道歉。

「對不起，我好像認錯人了。可是大姊姊，那本書是妳的本體吧？」

如果是普通人聽到這句話，應該會皺著眉頭反問：「妳這傢伙到底在說什麼？」

但女人只是驚訝地稍微瞪大了雙眼，並未質疑讀美說的話，反而點頭承認。讀美總算是鬆了一口氣。
「果然沒錯……」
「妳認識像我這種書的人嗎？」
「我見過幾個……不對，是幾本。」
聽到讀美的回答，女人的臉色整個亮了起來。
「好厲害啊，就連我都很難遇到相同的書。」
「其實我在專門蒐集這種書的書店上班。」
「欸，好棒啊，居然有專門蒐集這種書的地方……啊，敢情妳是把我錯認為那裡的書了？」
「不是，不是那裡的書……而是我正在找的書。」
「妳正在找的書……」
女人陷入沉思，不知在想什麼。
猝不及防的沉默令讀美心生疑惑。
「是不是我說錯了什麼話？」
「不是，不好意思，不是這樣的……可以請問妳認為是我的那本書叫什麼名字嗎？」
「呃……我不知道那本書的書名，只知道書中人叫言葉。」

讀美認為就算告訴她也沒什麼問題，所以就說了。
沒想到女人的回答完全出乎她的預料。
「那個……我的名字就叫做言葉。」

「並先生在嗎？」
讀美用力地推開桃源屋書店的門，大聲叫喚。
狀況不由得她輕聲細語，必須現在、馬上告訴並，一分半秒都不能浪費。
「……發生什麼事了？讀美，妳好吵。」
然而出來應門的卻是朔夜。
因為打工的班表未曾重疊，距離上次在冰川糰子店一別，已經過了快一個月。這段期間一直很想見他，想跟他說話，但現在可不是談情說愛的時候。
「並先生呢？」
「喂……妳當我是空氣喔。」
「不是這樣的，出大事了！」
「能出什麼大事？」

「聽我說……」

「怎麼啦？讀美，怎麼這麼慌張……」

這時，並抱著幾本書從書架後面走出來。

——與此同時，捧在他懷裡的書紛紛掉落。

「哇！笨蛋，你在搞什麼啦！」

朔夜連忙蹲下去檢查掉在地上的書，如釋重負地吐出一口氣，看樣子並不是幻本，抬頭看並，正打算教訓他對待書本要溫柔一點時，頭上卻冒出問號。

「……喂，並，你怎麼了？」

並置若罔聞，動也不動地死盯著讀美背後看。

視線前方是讀美在參道上遇見的美女。

時間彷彿靜止了好一會兒，僵住的並終於微微地顫抖著嘴唇開口：

「言葉……？」

語氣輕柔得好像在作夢。

……誰啊？朔夜用眼神詢問讀美，讀美不知該怎麼回答。

眾人相對無語的過程中，當機不動的並彷彿被按下重啟鍵，突然手足無措地開始喋喋不休。

「欸，欸?!騙人的吧……妳是什麼時候站在這裡的？妳為什麼會在這裡？不不不，我不是這個意思，我的意思是……」

「請問。」

言葉朝驚慌失措的並開口。

並的動作頓時戛然而止。

臉色脹得不能再紅。

有如樹葉轉紅的變化，即便看在讀美他們眼中也一目瞭然。

「呃……歡、歡迎回來……？」

並似乎絞盡腦汁，終於擠出這句話。

不料言葉卻一臉抱歉地垂下眼睫。

「對不起……」

「別、別這麼說，妳確實去了很久，可是，該怎麼說呢，那個……我很高興能再見到妳。」

並無法掩飾重逢的喜悅與羞赧，但言葉只是搖搖頭。

她的模樣讓歡天喜地的並總算回到現實。

「啊……呃……妳不高興嗎……抱歉，妳果然還在為十年前的事生氣……」

「不是的！不是那樣的……我……」

「那個……並先生，我可以插個嘴嗎？」

言葉的窘迫令人於心不忍，讀美終於忍不住插嘴。

或許是她多管閒事，但不只言葉，就連並看起來也在求助。讀美第一次看到年紀比自己大，而且總是遊刃有餘的老闆露出那樣的神情。

說出實情，並肯定會大受打擊吧，但讀美還是一五一十地轉述言葉告訴她的事。

「言葉小姐好像少了一部分的記憶，也就是所謂的『失憶』……」

「欸？難不成……」

「……她好像不記得你了。」

讀美替她解釋，言葉滿臉憂傷地點頭附和。

並茫然自失，顯然需要一點時間消化。

「這樣啊……妳不記得我啦……」

並三魂掉了兩魂半似地喃喃自語，猛抓頭髮。

只見他低著頭，用力吸氣，再深深地吐氣，走投無路的模樣與並平常的從容判若兩人。

當他吐出所有的氣，終於抬起頭來。

「別站著說話，進屋裡再聊吧。」
並走向書店，臉上掛著一如往常的微笑。
可是看在讀美眼中，並好像在哭。
朔夜或許也有同樣的感覺，朝讀美拋來一個追問理由的眼神，但現在的狀況實在不允許讀美回答他的問題。
「言葉小姐，我們走吧。」
讀美以開朗的語氣安撫不安的言葉，跟在並的身後進屋。

並在書店後方的櫃臺聽言葉細說從頭。
並在櫃臺內側，言葉在外側，彼此對坐，就像讀美修補朔夜和芽衣時那樣。
讀美本人則和朔夜坐在平常開茶會的座位，遠遠觀察兩人的模樣。
察覺到事態有異的徒爾匆忙說聲「我去泡茶」跑去拿茶具，但言葉是書中人，根本不能吃東西。
老管家很少這麼大意，可見徒爾也很清楚言葉對並而言是多麼要緊的存在。
「……所以呢，現在到底是什麼情況？」

大概是因為只有自己什麼都不知道，朔夜從剛才就一臉不高興，小聲地質問讀美。

「嗯……這是並先生的私事……我不知道該不該說。」

「該說，我允許妳說，妳現在可以說了。」

這是什麼邏輯，讀美被擅自下許可令的朔夜打敗了。

不過她也明白朔夜想知道的心情，要是自己處於同樣的狀況，肯定也想加入。被排擠在外的感覺太難受了。

「那個……言葉是並先生最早遇到的幻本。」

十年前一別至今，並似乎一直想與她重逢……讀美跳過並的戀情，向朔夜說明。

「嗯哼……只是普通朋友？」

「我、我也不清楚……」

朔夜的直覺真敏銳，害讀美嚇出一身冷汗。

「算了，這不是重點。」幸好朔夜沒再繼續追究，反而扔出另一個問題。

「我現在知道她是並的舊識了，但剛才的反應是怎麼回事？她不記得並了？」

朔夜指的是言葉失憶的事。

只是這個問題，讀美也答不上來。

「不確定是什麼原因，但她好像不記得並先生，也不記得這一帶了。我也是正好在冰川參道遇到她。」

「碰巧來到附近嗎？」

「嗯，她說她回過神來，人已經在參道上了。」

「問題是那傢伙……並那傢伙不要緊吧？」

讀美與朔夜同時望向並和言葉。

兩人交頭接耳地不知在討論什麼，聲音太小了，讀美他們這邊聽不到。不過光從氣氛就可以感受到討論得並不熱烈。假使在咖啡廳看到這種情侶，讀美肯定會替他們擔心，擔心他們在談分手。

換言之，讀美很擔心眼前的並和言葉。

「……我從沒見過並那麼不知所措的樣子。」

朔夜自言自語，身旁是自顧自心急如焚的讀美。

定睛一看，朔夜的表情充滿疑惑，彷彿正面臨天外飛來一筆的突發狀況。

「是嗎？」

「嗯……芽衣初來乍到的時候，那傢伙困惑歸困惑，但也還不到這個地步。篤武偷走神之書的時候，那傢伙慌張歸慌張，但也跟這次不太一樣。顯然是這次比較嚴重。」

「這、這樣啊……」

讀美已經從並口中刨根究底地問出了言葉的故事，所以反而更不方便回答。

見讀美打哈哈地苦笑，朔夜直勾勾地盯著她看。

「怎、怎麼了……？」

「……這只是我的想像或推測，因為我不可能去問他，只好問妳。」

「什、什麼事？」

「那傢伙就連我本體支離破碎的時候也很冷靜吧？」

「咦？呃……也沒有很冷靜啦……」

「至少當妳驚慌失措的時候，是他要妳『冷靜下來』對吧？」

讀美想否認，但否認不了。

回想起來，朔夜的本體支離破碎時，並的確很冷靜。

不是不著急，只是表現出大人的從容，好支持著幾乎快被不安壓垮的讀美。

相較之下，並在言葉面前絲毫沒有當時的從容。
「那傢伙也有這麼孩子氣的一面啊。」
朔夜替讀美說出她心裡的想法。
語氣就像看到什麼有趣的東西。但是在讀美眼中，從這個角度看待並和言葉的朔夜也很有趣。
讀美目不轉睛地盯住他的側臉。
「……我臉上有什麼嗎？」
「沒有……只是覺得好久不見了。」
「對呀，雖然妳剛才明明當我是空氣。」
「那、那是因為發生了言葉的事——」
「我明白，我明白。」
朔夜壓低了聲線笑著說，讀美不依地鼓著臉。
當然沒有生氣，能這樣跟他聊天，高興都還來不及。
能見到朔夜果然好開心，他的笑臉、跟自己說話的聲音、聲音裡表現出來的溫柔與溫暖。
在在令讀美充分地感受到——
（我果然喜歡朔夜……）

就算有時見不到面，只要久久見上一面，就會自然而然地想。

自己喜歡他。

……這麼說來，讀美意識到一件事。

朔夜從未說過他喜歡自己，讀美也沒清楚向他表白過。一年前的夏天，朔夜徘徊在鬼門關前脫口而出的那句話，也因為害羞，顧左右而言他地扯開，只說了「我好像喜歡你」就沒有下文了。

一直想著總有一天要向他表白，結果一年轉眼間就過去了……一年下來，彼此的距離反而變得難以拿捏。

如今，她又重新察覺到，自己果然很喜歡他。

想告訴他自己的心情。當然不是並正處於手忙腳亂的現在，而是——

（而是決定好未來的方向時……）

想告訴他。不知道對方怎麼想，但自己的心情很明確。

讀美凝視朔夜的側臉，打定主意。

決定好出路，告訴朔夜自己的決定時，也要一併告訴他自己的心意。

（並先生談得怎麼樣了……）

讀美循著朔夜的視線，望向櫃臺前的兩人。

十年前，並可曾告訴言葉自己喜歡她呢？雖然告訴她了，兩人還是分開……？還是根本沒有告訴她呢？

就在讀美思考這件事時。

「讀美，可以請妳過來一下嗎？」

並向她招手。

突然被點到名，讀美一臉茫然地留下朔夜，走向櫃臺。

「什麼事？」

「我剛才和言葉討論過了……有事情想請妳幫忙。」

「請我幫忙……我能幫上什麼忙嗎？」

「嗯，一路聽下來，言葉可能有哪裡破損了。」

「破損……是指本體的書破掉或損傷嗎？」

「嗯，從她還記得的部分聽來，好像是這樣。我猜這說不定就是她喪失記憶的原因。」

「……並先生，你一直說好像、可能，你還沒確認過破損的部分嗎？」

「還沒，我想請妳檢查。因為言葉是女生。就像芽衣那時候也是，由我檢查可能會構成性騷擾。」

並的說明聽起來毫無破綻，卻又像是在找藉口。

但讀美沒有戳穿他，決定接下這項任務。

因為並幫了她很多忙，更重要的是，她想幫助惶惶不安的言葉。

「好的。言葉小姐，請多多指教。」

讀美微微一笑，言葉也笑著回答：「我才要請妳多多指教。」

她的笑容非常有魅力，就連同性的讀美也不禁神魂顛倒，完全能理解十年前並墜入愛河的心情。

「那就拜託妳了。」

並說完起身，讓位給讀美。

見讀美在言葉面前坐下，並丟下一句：「我出去一趟。」離開櫃臺，也不等朔夜叫他，逕自走出書店。

朔夜沒來得及攔住他，眼睜睜地看門關上。

「妳沒事吧？」

發現被留下的言葉露出落寞的表情，讀美試探地說。

「我沒事，只是對那個人不太好意思。」

「妳是指並先生嗎？」

「嗯，他記得我，我卻一點也不記得他……」

言葉嘆息，雙手在書本上交叉。

臉上充滿真的很過意不去的惆悵。

「呃……請問妳和並先生聊了什麼？」

「那個人告訴我最初遇到他的地方、一起度過的時光，問我『妳還記得嗎？』可是我……」

言葉有氣無力地搖頭。

看樣子，她完全不記得並口中的回憶。

「我甚至懷疑他是不是認錯人或認錯書了。」

「妳會這麼想也無可厚非。」

「所以我問他，他想見的人真的是我嗎？問他還記得我書裡的故事嗎？」

「結果呢……並先生怎麼回答？」

「他說『我還記得呀』，清清楚楚地答出故事的內容，清楚得不像是十年前看過的書，對我瞭若指掌。」

言葉的表情還有些不可置信。

自己對自己的事一無所知，對方卻對自己知之甚詳，感覺肯定很不可思議。

「那個……那妳認為並先生怎麼會知道妳的事？」

「這個嘛……我一開始還以為他會不會是看過我的兄弟姊妹——和我同時出版的書。但我根本沒讓他看過本體。」

言葉的目光落在手中封面朝下的書。

有道理，從櫃臺內側看不到言葉的本體，剛才在店門口碰到並的時候，她也站在讀美背後，並應該看不到被她牢牢捧在懷裡的書。

畢竟那是本小巧的文庫本，用雙手就可以完全遮住了。

「我也考慮過跟我一模一樣雙胞胎幻本的可能性，但我對此毫無印象，所以應該不存在雙胞胎幻本……我雖然不記得了，但他肯定閱讀過我。」

言葉望向並走出去的門口。

看到她那個模樣，讀美想為她做點什麼。不只為她，也是為並……

「……言葉小姐，請讓我檢查妳的本體。或許就如同並先生所說，可以找出妳喪失記憶的原因。」

「好的……麻煩妳了。」

言葉把自己的本體放在讀美面前的櫃臺上。

她的本體是一本文庫本，封面類似世界地圖。

讀美伸手接過。

絲綢般滑不留手的觸感或許是本來的紙質，也或許是經過許多人小心閱讀的證明。一再被閱讀的話，紙的纖維會變軟，大概就會形成這種質感。

因為她是幻本，還是她遇到的讀者都非常愛惜她呢——讀美不得而知，至少不像芽衣剛來書店那樣，有著顯而易見的傷痕。

然而仔細翻看，發現明顯的缺頁。

言葉的本體掉了一頁。

「啊，我想起來了。前幾天，我失去了那一頁。」

有人抽走了書中的某一頁。

「怎麼會做出這麼缺德的事……」

「我依稀記得那個人說他不願意再想起這個故事，所以就撕掉一頁，但我也不記得那一頁寫了什麼。」

「怎麼可以這麼自私……所以那一頁呢？」

「印象中當時颳起一陣強風，把那一頁吹跑了。我追著跑著，最後還是追丟了，一個人漫無目的地走著……對了，當我回過神來，就在那條參道上了。」

「無意識走到那裡嗎？」

「對，明明完全不記得方向了，可是總覺得參道那一帶很令人懷念，或許能幫我想起什麼重要的事……就在那個時候，妳走了過來……

「……讀美，失去的頁面還有辦法補救嗎？」

言葉用力地握緊了本體，力道之大，就連讀美也感受得到。她也大概想尋回失去的東西。不只是缺失的書頁，還有想不起來的回憶……

「我和並先生討論一下，他一定會有辦法的，畢竟他是桃源屋書店的老闆！」

讀美鼓勵她，立刻撥打並的手機。

……可是並沒有接電話。

「嗯……我去找找。」

丟下一句「請妳在這裡等一下」，讀美衝出櫃臺。

「朔夜，要是並先生先回來，打電話通知我。」

「好。」

「還有……篤武、芽衣，言葉小姐就交給你們了，可以嗎？」

發現篤武和芽衣正鬼鬼祟祟地躲在書架後面偷看，讀美請他們在自己出去的時候照顧言葉。

兩人交換眼神，從書架後面走出來。

「了解……這裡就交給我和芽衣吧！」

「我會盯著篤武前輩，不讓他亂說話。」

交給兩位話說得很滿的幻本，讀美出去找並。

讀美離開書店，決定先去大宅。

卻在路上與徒爾碰個正著。

「咦，讀美小姐，您怎麼啦？言葉小姐與少爺談得如何……」

「所以你沒遇到並先生嗎？」

「沒有，他沒回家。」

「這樣啊……那你知道他上哪去了嗎？」

「您找他有事嗎？」

「嗯，我想跟他商量言葉小姐的事。」

「我也不敢百分之百確定，但我大概知道少爺會去哪裡。」

徒爾走向與大宅相反的門口方向。

還以為並出去了，但徒爾並未走到門口，而是在位於院子中間的涼亭前停下腳步。

往裡面一看，並果然在那裡。

並低著頭，雙手交疊在桌上。不用看到他的臉，光看姿勢也知道他已經完全喪失鬥志了。

眼下顯然不是開口叫他的氣氛，該怎麼辦才好……讀美還在舉棋不定時，徒爾大聲地清了清喉嚨：「咳！咳！」

並嚇得跳起來。

「嚇、嚇死我了。咦？徒爾？讀美也在？」

「並少爺，您沒事吧。」

「啊……嗯，我有點快不行了。」

並有氣無力地嘿嘿一笑，顯然受到相當大的打擊，光是要擠出笑容都很勉強，看得人好生心疼。

如同朔夜說他從未見過這麼不知所措的並，讀美也沒看過意志這麼消沉的並。

「讀美小姐要跟您商量言葉小姐的事。」

讀美還在想要怎麼開口，徒爾已經簡單扼要地替她說明了。

並將嘴唇抿成一條線，沉思半晌，似乎終於整理好心情，點了點頭。

「……讀美，妳是要跟我討論言葉的本體嗎？」

「是的，我找到言葉小姐破損的地方了。」

讀美向他報告言葉本體少了一頁的事。

並聽完，雙手交叉環抱於胸前，念念有詞。

「我就知道肯定是哪裡破損了……這樣啊，少了一頁啊……」

「這是喪失記憶的原因嗎？」

「恐怕是的。因為除此之外好像沒有任何傷痕。」

「並先生，要是能補上缺失的那一頁，言葉小姐是不是就能恢復記憶？」

書一旦缺頁破損，只要把那一頁補回去、修好就行了。

萬一那一頁不見了，則是將那一頁的內容複製在別張紙上貼回去。讀美為了成為修書人，查了很多資料，得知最近有這種修理方法。

如果是言葉的書，只要在接縫處塗上混合膠，把缺失的那一頁接回去即可。

「缺頁的情況經常用這種方法修補，至於能不能恢復記憶嘛……但我認為還是值得一試。」

「那我試試看！」

「嗯，不過眼下還有個問題。為了複製那一頁的內容，必須找到影本……」

為了補上缺失的那一頁，必須先複製那一頁的內容。

然而，從並愁眉不展的表情可以看出，言葉的問題沒這麼好解決。

「若言葉本人還記得內容，事情就簡單了。她還記得少掉那一頁的內容嗎？」

「她說她不記得了……」讀美回答。

「我想也是……」並嘆息。

「要找出跟言葉小姐的本體一樣的書有這麼困難嗎？」

「豈止難……老實說，我從幾年前就到處查訪還有沒有哪裡有這本藏書，心想或許那就是言葉本人。」

並打馬虎眼地說，但讀美笑不出來。

從徒爾透露的隻字片語，不難想像當時並為了再見到言葉，多麼認真地尋找，才會奮不顧身地衝進火場，原本要救的大概是言葉，而非徒爾。

「一般來說，應該哪個圖書館會有，最糟的情況，國會圖書館也會有藏書……」

日本國內出版的書全都必須在國立國會圖書館也存放一本，稱為「納本制度」。因此在正常的情況下，那裡應該會有一本言葉的兄弟姊妹，只要拿來參考，補上缺失的那一頁就行了。

「——問題是，到處都找不到跟言葉相同的書。」

「欸……怎麼可能，不是有納本制度嗎？」

「嗯，應該是那樣沒錯。以下是我的推測，可能是出版的時候出了什麼差錯。」

「怎麼這樣……」

「很遺憾，因為人為疏失，沒有納本的書在所多有。」

只要是牽扯到人的制度，就不可能百分之百完美無缺。這點讀美也能理解。

雖然能理解，但總覺得無法釋懷。

「我也找過二手書，但也因為原本的印量就少，已經絕版了。我找了十年，完全找不到。」

「也就是說，很難補回缺失的那一頁嗎……？」

乍現的曙光又被烏雲蓋過，讀美的肩膀垮了下來。

並抱著胳膊思考了好一會兒，終於靜靜地開口。

「……讀美，可以請妳複製言葉佚失的那一頁前後文嗎？」

「前後文嗎？」

「嗯，總之我想先搞清楚少了哪一頁。」

「包在我身上！我馬上去處理！」

「……謝謝，麻煩妳了。」

讀美應了一聲「不會」，走出涼亭。

三步併成兩步地衝向書店。

「少爺，要在這裡喝茶嗎？」

目送讀美的背影離去後，徒爾問道。

「嗯……」並氣若游絲地點點頭，像個沒事人似地擠出笑容。

「謝謝，這裡有點冷，身體都凍僵了。」

「那回屋裡去吧。」

「不了，我還沒整理好心情。」

並仰天長嘆。徒爾站在他身邊，用手裡的茶壺和茶具開始泡茶，馥郁的蒸氣在冰冷的空氣中緩緩上升。

並嘟著嘴巴，冷眼旁觀。

「……你該不會早就料到我會變成這樣，才回去拿茶具吧？」

「言葉小姐是幻本，所以不能喝飲料不是嗎。」

「一切都逃不過你的法眼。這就是所謂薑是老的辣嗎。要是我像你這麼老練，就不會這麼煩惱了。」

「即使是我這種老頭子，也會為戀愛問題煩惱。」
「我好像聽過一種說法，聽說四肢發達的人都沒有煩惱。」
「是嘛……這你問我，我也答不了你。」
肌肉崢嶸的老管家對主人的調侃佯裝不知，將紅茶倒進杯子裡。
並接過茶杯，裊裊竄升的香氣軟化了他烏雲密布的表情。
「你用了好茶葉呢。」
「因為今天是少爺的生日，我本來打算晚點等書店打烊後，煮一桌好菜為你慶祝。」
「這樣啊，今天是我的生日啊……我都忘了。」
「這也沒辦法，誰教今天發生這麼多事。」
「那個……你該不會還準備了蛋糕吧？」
「給其他傭人吃就好了，少爺別放在心上。」
「是嗎，不好意思啊。我作夢也沒想到她會回來，而且還在我生日這一天……」
並苦笑著說。
明明日日夜夜都望穿秋水地期待再見到她，一旦這天真的來臨，卻說「作夢也沒想到」，這也太矛盾了。

明明那麼想再見到她，卻又從她的身邊逃開，自己真的很莫名其妙。最莫名其妙的是……

「……我作夢也沒想到她居然會忘了我。」

喝下一口溫熱的紅茶，並嘆息般地喃喃自語。

「沒想到她會忘得這麼徹底……我還以為只要稍微聊一聊往事，她就會想起來了。」

「我能體會您的心情。」

「我好想哭。言葉離開時，我都沒有哭……可是年紀愈來愈大，淚腺反而愈來愈鬆。」

「……要我轉過去嗎？」

「不用了，不必為我顧慮這麼多。你先回去吧，我喝完紅茶就回書店。杯子我自己帶走。」

「不，我在這裡等您。」

徒爾隨侍在側，站得直挺挺地像隻杜賓犬，並不置可否地聳聳肩。

……他很清楚徒爾是在擔心他。

大概也是在監視他，怕他頭昏腦脹地跑出去。以他現在的心情來說，確實有可能發生這樣的悲劇。只怪他的酒量太好，否則喝到天亮，醉倒在車站前還比較省事。

所以得趕快振作起來才行。

喪失記憶最痛苦的，無非是失憶的言葉本人。自己只是被忘記了，不該為了抒解鬱悶而增加她的不安。

自己已經不是高中生了，已經是大人了……可是……

「……抱歉，徒爾，我想再待一會兒。」

並軟弱地低喃，彷彿眷戀著杯子的溫度。

徒爾以平常的語氣回答：「遵命。」

並再次起身時，杯子裡的紅茶已經涼透了。

涼亭周圍的景色已經完全染上了暮色。

並與徒爾踩著沉重的腳步，一起在幽暗的暮色中走回書店。

讀美先並一步回到書店，走向坐在櫃臺前等她回來的言葉，請她讓自己複製缺失頁面的前後文。

言葉二話不說地答應了，讀美事不宜遲地借用她的本體。

「我想想……說是說複製，可以用手機拍照嗎？影印可能會傷到本體，但是店裡又沒有專用的掃描器……」

「只是要複製內容不是嗎？用並的相機拍如何？」

言葉翻到缺頁的地方，讀美左右為難地拿不定主意，朔夜不知道從哪裡拿出並的相機。

書店的全體員工過年拍大合照時出動過那臺數位單眼相機，賞花的季節、辦活動的時候，讀美記得這臺相機都派上了用場。

原本在言葉身旁搖尾巴的豆太跑到朔夜腳邊，一臉乖巧地坐下。豆太似乎很喜歡拍照。

「那個可以拍書嗎？文章看得清楚嗎？」

「如果要拍得很漂亮，還需要燈光等器材的配合，但如果只要看清楚內容，這臺就綽綽有餘了，更要緊的是不會傷到書本。」

「原來如此。問題是可以擅自拿來用嗎？」

「可以，並說隨便我用。話說回來，這種小事並其實可以自己處理吧。」

「別這麼說嘛。」讀美苦笑著打圓場。

「對了，妳會用相機嗎？」

「不會，我只摸過手機裡的相機，你呢？」

「會呀。」

朔夜開始設定相機，拍了一張豆太的照片。

看了那張照片，讀美不由得讚嘆：「哇。」

「怎樣啦？」

「沒有，我只是沒想到你也會拍照……」

「還好吧，為了適應人類的身體，我也做了許多努力。」

朔夜從幻本變成人類，已經過了一年。

起初就連吃飯、寫字都很困難，如今已然充滿人類具有的生活氣息。

讀美一路觀察朔夜的變化，深有所感。一想到他會做的事或許已經多於笨手笨腳的自己，雖然高興，也有點不甘心。

「朔夜原本也跟我們一樣，都是幻本喔。」

芽衣向言葉解釋。

讀美不在的時候，他們大概已經圍繞著「幻本」這個單字討論了許多八卦。

「對呀，多虧有讀美愛的力量，神才把朔夜變成人類。」

篤武還是老樣子，一臉欽羨地從芽衣背後補充。

然而，這種行為等於是故意去踩顯而易見的地雷。

「……篤武，我燒了你。」

「欸，這句話是肯定句嗎？」

「誰教你永遠都學不乖。」

朔夜隔著相機的觀景窗低聲恐嚇，篤武嚇得全身發抖：「好可怕！」這是他自作自受，所以讀美懶得理他；這是常有的事，所以芽衣也只是冷眼旁觀。

一群人嬉笑怒罵中，唯有言葉摸不著頭腦地微側螓首。為了讓他們拍下缺失的部分，本體一直翻開在那一頁。

「你們說他原本是幻本……可是朔夜明明是人類啊？」

「現在是人類了，可是就像芽衣所說，我原本也是幻本。」

朔夜雲淡風輕地回答言葉的疑問。

讀美請他幫忙拍照，朔夜說：「好，那我要拍嘍！」駕輕就熟地按下快門。

緊接在「嗶嗶」兩聲後是「喀嚓」的快門聲，然後又響起一次相同的聲響。

朔夜檢查拍好的照片，將相機遞給讀美：「妳檢查看看。」

讀美對他一連串行雲流水的動作佩服得五體投地。

「請問……」言葉開口。「你們剛才說……幻本變成人類是怎麼一回事？」

「就像那個笨蛋說的，神賦予我人類的身體。」

被稱為笨蛋的篤武喳喳呼呼地抗議：「誰是笨蛋！你才是笨蛋！」朔夜則是跳針似地應戰：「笨蛋——笨蛋——」

懶得理那兩個比小學生還幼稚的人，芽衣說：「我們去那邊吧。」抱起豆太，躲進書架避難。他們三天兩頭就這樣吵吵鬧鬧，就算放著不管，朔夜也不會真的燒掉篤武，所以讀美也懶得插手。

「這家書店有神明嗎？」

言葉側著頭問，讀美回答：「有啊。」

「說到這家書店的神明嘛……呃，妳瞧，那裡有個神壇。」

讀美指著面向入口的櫃臺右後方說道。

「那裡有一本幻本，那本幻本就是神明。」

「幻本是神明……？」

「沒錯。那本幻本具有不可思議的力量，是所謂的『神明』。當幻本與人類——讀者心意相通，神明就會幫幻本實現想變成人類的願望。」

「哦，還有這種書啊……雖然難以置信，但如果是真的，可比我過去旅途中所見所聞的一切都更不可思議。」

「就是說啊，可是我親眼看到朔夜變成人類的瞬間，所以是真的。」
「是因為有讀美愛的力量嗎？」
「啊……呃，這個嘛……」
「不用害羞啊，兩情相悅是很美好的事喔。」
言葉說完，對雙頰潮紅的讀美報以微笑。
然後丟下一句「我去跟神明打聲招呼」站起來，走向神壇，往裡頭窺探。
「啊，真的有一本書。神明會跟我們一樣現身嗎？」
「很少看到，看到的機率跟見證奇蹟一樣低。應該說，當神明出現時，很有可能就是奇蹟發生的瞬間。」
「原來如此，好想見識一下啊……」
言葉一臉好奇，目不轉睛地直盯著神壇裡面看，就像看著五顏六色的魚悠游在水槽裡。
「……讀美，那位神明也會幫忙實現其他心願嗎？」
「咦？我不知道耶。」
芽衣以前也問過同樣的問題，但是直到現在，讀美還不知道答案。
心想朔夜或許知道，但他和篤武的戰爭還沒分出個勝負，沒辦法問他。不過已聽見篤武哀號：「朔夜住手！別這樣，書會縐掉！」戰況大概又跟平常一樣，由朔夜占上風。

這兩個人真是太幼稚了。讀美翻了翻白眼，把心思拉回與言葉的對話。

「言葉小姐，妳有什麼想實現的心願嗎？」

「嗯……我這個人很貪心，有兩個心願，還不只一個。」

「什麼心願？」

「一是……希望能被更多人閱讀。」

「被更多人閱讀……而不是被某個人閱讀嗎？」

「沒錯。誰都可以，最好能被全日本的人閱讀，所以我才去旅行。其實我想被全世界閱讀，只可惜我是用日文寫的書。」

「哦，原來如此。言葉小姐的心願很有書的風格呢。」讀美說道。

言葉微微一笑。

讀美也知道不是所有幻本都想得到人類的身體。有像朔夜或篤武那種渴望變成人類的幻本，也有像芽衣那樣，想永遠以書本的形態面對讀者的幻本。

看樣子，言葉比較貼近芽衣的想法。

（所以才不肯留在並先生身邊嗎……）

並沒有告訴她十年前言葉離開的原因。

可是愛上幻本的並無法實現她的願望吧。為了讓更多人閱讀，她想去旅行，但並的心願是想和她在一起，這兩個人的心願基本上背道而馳。

「讀美，如果不嫌棄，可以請妳閱讀我的內容嗎？」

還沒問她第二個願望，言葉先開口。

「可以嗎？」

「可以，我不是說過了，我想被閱讀。」

「呃……那我就恭敬不如從命……」

耶！讀美內心樂不可支，接過書。

言葉隨即消失無蹤。

看來可以像平常看書那樣閱讀，讀美鬆了一口氣。即使是虔誠的修道中人，當著那麼個美人兒，大概也很難集中精神看書。

感謝言葉身為書本的貼心，讀美翻開書。

封面有如世界地圖的文庫本。

書中描寫的是旅行的故事。

宛如公路電影般的故事描寫某位旅人漫無目的地邁向未知的世界，為了實現自己的心願，一路摸索著前進。主角在旅途中遇見過許多人，拚搏出一片天地，帶給許多人幸福之後，迎向人生的終點……

看完最後一個字的同時，耳邊傳來開門的聲音，讀美抬頭。

並和徒爾一起回來了。

「太陽下山得真快，天都黑了。」

並摩挲著身體走進來，嘴裡嚷嚷著：「好冷好冷。」讀美仰望頭上的天窗，確實已經夜幕低垂了。

朔夜與篤武的大戰早已偃旗息鼓，兩人聊天的聲音從書架的另一頭傳來。

「咦？言葉呢？」

並走向櫃臺，詢問的語氣有些急切。讀美拿起手裡的書給他看。

「啊，在這裡，我正在看。」

讀美回答的同時，言葉也再度現身。

看到言葉，並連忙擠出笑容，藉此抹去臉上瞬間流露的緊張。他似乎很擔心言葉是不是又消失了。

「這、這樣啊，那就好……所以呢，讀美看完言葉的故事了？」

「對，好棒的故事！」

讀美說出發自內心的感想。

言葉的故事具有讓人想活得自由自在的力量。
不受任何拘束的主角揚言：「我旅行，是因為我想活下去。」
讀美彷彿在旅人身上看見自己未來的人生。
甚至崇拜起讓人覺得「能這樣活下去該有多幸福啊……」的主角。
「只是……正因為如此，我意識到一點。」
讀美與言葉一瞬也不瞬地以目光對峙。
大概是感受到讀美閱讀時大失所望的感覺，言葉似乎已知道讀美在想什麼。
「讀美果然也對那個部分耿耿於懷嗎……」
言葉一臉歉意地問道，讀美點點頭，並發問：「哪個部分？」
「少了一頁的部分，看不到最後的高潮。」
光從讀美的感想，並大概也已經猜到七八成。
「難不成是那裡……讀美，妳複製好言葉的內容了嗎？」
「好了，用你的相機拍下來了。」
「可以讓我看一下嗎？」
讀美遞出放在櫃臺上的相機，並接過，迫不及待地開機，動作熟練地從相機背面的液晶螢幕開始確認照片。

讀美很懷疑不印出來，也沒連上電腦，光這樣就能知道內容寫了什麼嗎？

「原來如此……最後一頁啊……」

並伸手按著額頭。

然後彷彿全身無力，深深地嘆了一口大氣。

「並先生……？」

讀美喊了幾聲，他都沒有反應。

大概是靜得令人心慌，朔夜、篤武，就連正在和豆太玩耍的芽衣也都從書架後面探出頭來，臉上紛紛寫著「怎麼了？怎麼了？」讀美望向徒爾，以眼神詢問原因，但徒爾似乎也不明白主人為什麼會當機。

所有人都捏著一把冷汗在旁邊看。

「……失去的那一頁……我大概有辦法處理。」

並再次開口，一句話說得斷斷續續。

「真的嗎？」

率先打破沉默的不是別人，正是言葉。

那一瞬間，就像開關從關轉到開，並手忙腳亂地開始運作。

「呃，對，沒錯……如果是那一頁……應該沒問題……」

「拜託你！請幫我恢復原狀！」

言葉欺身向前，向並懇求。

突如其來的發展再度令並混亂得全身僵硬。

並與言葉四目相交，一時半刻動彈不得，沉默蔓延如荒漠。

當周圍的人無不惴惴不安地開始擔心他要不要緊，並露出壯士斷腕的表情，答應言葉的請求。

「——好，包在我身上。」

他的回答讓言葉如釋重負地鬆了一口氣，讀美等人也一同放下心中大石。

「只不過……不好意思，言葉，請再給我幾天時間，得先找到紙質與妳相近的紙來印刷，所以不是今天馬上可以處理。」

「沒關係，我可以等。」

「那好，這段期間可以請妳暫時待在這裡嗎？書架上還有空位，妳就當自己家。如果有什麼不明白的地方，可以問他們。」

篤武和芽衣不約而同地點頭如搗蒜。這樣看來，他們就跟兄妹沒兩樣，令人莞爾。

言葉也笑著對他們說：「請多多關照。」豆太在她腳邊轉來轉去，意思是說「還有我呦」。

「我馬上動身……讀美，今天辛苦妳了，等我準備好複製的東西再打電話給妳。不好意思，到時候還需要妳的幫忙。」

「好的，沒問題！」

「朔夜今天可以下班了，徒爾則跟平常一樣……散會。」

並交代完畢，迅速地走出書店。

從他的腳步來猜，顯然想到什麼好方法，這讓讀美感到信心百倍，同時也很佩服，真不愧是桃源屋書店的老闆。

「……對了，讀美，妳今天來做什麼？」

被朔夜這麼一問，讀美「啊！」地驚呼一聲。

發生太多事，害她完全忘記來書店的目的。

「我來找並先生商量出路的事……今天就算了，改天再問。」

「沒關係嗎？事關出路，還是早點決定比較好吧？」

「是這樣沒錯……不過，沒關係。現在對並先生來說還有更要緊的事要忙，我也希望言葉小姐能早日恢復正常。」

此時此刻，出路的問題確實很重要。

可是讀美想做的事說穿了是向書報恩，在將來幫助許多書之前，眼前的當務之急是解決剛剛才讓她拜讀過精采故事的言葉這本書遭遇的問題。

因此，不能讓並有後顧之憂。

「而且我也想知道言葉小姐失去的那一頁內容。不知道故事的結局是什麼，沒看到總覺得有事情沒做完……」

「怎麼不問並？那傢伙看完了，應該還記得劇情。」

「不要，我不想只是知道個大概！我想直接看原文。」

「妳真的很喜歡書耶，真是個書呆子……」

真拿妳沒辦法。朔夜聳聳肩。但是這句話並沒有貶低讀美的意思，反而有點欣慰。

「那只好請並全力以赴了，好讓妳能快點看到言葉的結局。」

「就算不為我，並先生也會全力以赴。」

「說得也是。」朔夜也同意讀美的結論。

只要並拿出真本事，言葉的問題肯定能馬上迎刃而解……讀美充滿信心。

第二天是禮拜天，讀美再次前往桃源屋書店。

雖然昨天才去過，今天剛好是讀美相隔數天有排班的日子。朔夜不在書店，但也正因為如此，讀美才要連他的份一起努力。

「呃……原來是這樣修復啊，妳的手真靈巧。」

讀美正在修補累積了一週的受傷幻本，有個人——真麻煩——有本書在一旁看她工作。

被那麼精緻的臉蛋盯著瞧，讀美臉紅心跳地回答：

「沒有沒有沒有！我其實笨手笨腳的……」

「可是看起來都修好啦。」

「多、多虧了訓練的成果……並先生比我拿手多了。」

「那個人也會修書啊。」

「就是他教我要怎麼修理的。」

「這樣啊……我可以在旁邊看嗎？」

「欸……請、請自便。」

雖然覺得被盯著看很緊張，讀美還是繼續修補幻本。

修好已經修補過好幾次的貓咪幻本，喘口氣時，讀美忽然想起昨天隔著櫃臺和言葉討論過的話題。

「言葉小姐，昨天妳說妳有兩個心願希望神明能幫妳實現？」

「嗯，我是說過。」

「昨天妳只說了一個，第二個願望是？」

「這個嘛……我希望能找回失去的那一頁。」

言葉的笑容染上一抹寂寥。

「那個……並先生正在想辦法，一定能找回那一頁。雖然不敢保證能否恢復記憶就是了。」

「對……還有記憶……」

「我——我說！我們一起去向神明祈求吧！」

當然不是希望神明能顯靈讓奇蹟發生那種一廂情願的希冀，但藉由祈禱確實能讓心情變得樂觀點。

一思及此，讀美從椅子上站起來，走向神壇。言葉困惑地說：「咦！欸？」但也立即跟上。

兩人雙手合十地站在神壇前，向神明祈求。

讀美閉上雙眼，在心中念念有詞：「但願言葉小姐能恢復記憶。」

再次睜開雙眼時，一旁的言葉依舊雙手合十，認真地祝禱。

「……我希望能想起那個人。」

言葉睜開雙眼，輕聲低語。

「就連剛才，我也一邊向神明祈禱，一邊在心裡想著他……在腦海中尋找是不是還有記憶，是不是能找到記憶的殘渣。因為我總覺得自己之所以無意識來到這座城市，肯定與他有關，但還是毫無頭緒。」

「言葉小姐……」

「所以……只要我待在這裡一天，每天都會祈禱。」

言葉微笑說，讀美以點頭回應。

真希望並能聽到言葉這番話，他一定會很高興吧。

那天打工下班後，讀美先去冰川神社寫了繪馬才回家。

「希望言葉小姐的心願能實現」

在那之後又過了幾天——並打電話來說他已經複製好丟失的頁面了。問她能不能馬上過來修補，讀美二話不說地答應了，放學後直接前往桃源屋書店。

「這是言葉缺失的那一頁影本。」

並把資料夾放在書店的櫃臺上。

讀美接過，仔細端詳。

資料夾裡有幾張印著文章的紙。

「真厲害，準備得好齊全。」

「嗯，我還準備了備份。」

「真不愧是並先生！但你是怎麼找到跟言葉小姐一樣的書？」

「呃……這是商業機密……」

並含糊其詞地回答讀美的問題，似乎真的不方便透露。

雖然很好奇，但還是先處理缺頁的問題，讀美面向言葉，坐在櫃臺裡。

「那麼言葉小姐，我要開始修補了。」

讀美向言葉低頭致意：「請多多指教。」言葉也遞出本體，同樣點頭致意。

請言葉翻開到缺損的部分，讀美開始調製混合膠，這是習以為常的作業了，可是……

「讀美，糊糊少一點……啊，或許再多加點水比較好……再多一點……啊，這樣又太多了。」

並坐立不安地從背後指指點點。

讀美倒不介意他的提醒，她想到的是另一件事。

「那個……你要不要自己來？」

「咦？不、不了，抱歉，我不該多嘴，妳別往心裡去。」

「我不是這個意思。我只是在猜，你是不是想親自動手。」

「才……才沒有，妳別理我。就算我這麼說，妳還是會在意吧。既然如此，我回屋裡去好了。」

「別走別走，對不起，我說錯話了。我的意思是說，由你來處理比較好。」

「……我？」

「因為你比我還會修補啊，當然是交給技術比較好的人來處理比較好，對吧？言葉小姐。」

讀美把問題推給言葉，言葉一臉困惑地說：「什麼？」

「啊、啊哈哈哈……妳問她只會造成她的困擾啦。她一定不想被我碰到，怕我對她性騷擾。」並藉辭推託。

「我沒有不願意。」言葉坦然地說。「我聽讀美說過，她說你很會修書。如果不麻煩的話，可以請你幫忙嗎？」

「呃……好吧。」

言葉都親口拜託了，並當然不可能拒絕，作好覺悟答應下來。

讀美把位置讓出來給他。「那我去忙別的事了。」

「讀美請留下來。」

讀美自作聰明地想讓他們獨處，並卻不讓她走。

「我留下來要做什麼？」

「我是覺得妳在一旁觀摩這次修補的方法比較好。雖然不是特別艱難的作業，但是看跟實際做是不一樣的。所以，別走。」

或許是這樣沒錯，讀美也這麼認為。

問題是，並的話總讓人有一股用大道理掩飾藉口的感覺。並直勾勾地看著她，眼裡寫著「別讓我跟言葉獨處」，可見她的直覺應該沒錯。

「好吧。」讀美決定順水推舟地留下來靜觀其變。

並確定她不會離開之後，面向言葉，深呼吸。

「……那我開始了。」

並宣布，拿起筆。

先檢查讀美準備的混合膠黏度，仔細地進行微調，先試塗在別張紙上，確認過好幾次後，配合言葉本體的紙張柔軟度，盡可能不要留下修補的痕跡。

再從資料夾裡取出言葉掉頁的影本，把紙墊在要黏回去的地方，塗上調配好的混合膠。

小心翼翼地塗上混合膠，將上膠的範圍控制在零點幾毫米的範圍內。上膠的範圍如果太大，可能會對旁邊那頁造成負擔，導致掉頁。目前看來不用擔心這個問題。並提起黏上的複製頁面，為邊緣也塗上一層膠。

他的動作沒有一絲猶豫，乍看之下還以為是非常簡單的作業。

但那完全是並的技術使然。

自己完全比不上。讀美觀摩並作業時，經常為他高超的技術敬佩不已。

「……老實說，我有點害怕想起失去的記憶。」

言葉嘆息似地喃喃自語。

並的動作戛然而止。

「妳的意思是說……妳不願意想起來嗎？」

並疑惑地停下手問道，言葉搖頭。

「不是的，不是這樣的……我只是擔心一旦想起，自己會變得不再是自己，擔心一旦想起你，自己不曉得會變成怎樣。」

「……我猜一切都不會變喔。」

並回答，試圖消除言葉的不安。

「就算想起我，妳也不會變。因為我只是十年前與妳萍水相逢的讀者之一。所以妳肯定會跟十年前一樣，為了尋找下一位讀者，再次踏上旅途。」

並擱下沾著混合膠的筆，平靜微笑。

「再次踏上旅途……」

「是的，所以別擔心，而且也還不確定妳會不會想起我。」

並苦笑著說。

「說得也是。」言葉微微頷首。「請幫我黏緊，別再脫落了。」

「好的……那我動手了。」

並進行最後的確認，將言葉缺失的那一頁影本放在她的本體上。

檢查過對齊得分毫不差後，將那一頁夾進剛剛好的位置，把書闔上，補上的那一頁分毫不差地收進書裡。

言葉伸手按住書本，並則從上面一起按住她的手和書。

「呃，那個……」

「……不好意思，先別動。」

並一臉抱歉地對疑惑的言葉說。

「糨糊很軟，所以必須用力按住，才不會跑掉。」

聽完並的說明，言葉雖然有些難為情地掙扎，但也被說服了。「是噢，原來如此……」

並沒有其他的意思，他的說明也無懈可擊，但氣氛還是有點怪怪的。

「……那個，我去洗筆。」

確定作業已大功告成，因為沒事做而尷尬得發慌的讀美開始在兩人身邊收拾修補工具。

讀美暫離櫃臺，去洗手臺洗完筆回來後，發現兩人還處於剛才的狀態，彼此脈脈無言。

「差不多可以了。」

見讀美回來，並似乎也覺得該告一段落。

「言葉，膠水還沒乾，可以的話不妨壓上重物放一晚。雖說無法恢復原狀，但這樣應該算修好了。」

並交代完畢，正要收回壓住言葉本體的手。

就在那一瞬間。

「並……」

「……咦？」

言葉的輕聲呼喚讓並發出驚訝的低喃，愣在當場。

言葉在他正前方杏眼圓睜，一瞬也不瞬地盯著並看，時間彷彿靜止了。

「那個，言葉……妳這樣叫我……難不成……妳想起來了？」

並提心吊膽地問。

因為重逢至今，言葉從未這麼喊過他。

臉上充滿作夢表情的言葉慢慢地，但毫不遲疑地以點頭回答他這個問題。

「我好像……想起來了。好久不見，並。」

在讀美屏氣凝神的注視下，言葉不急不徐地說，對並微笑。

然而，那抹微笑還掛在臉上，言葉卻低下頭，對並說了一句……

「對不起。」

第五章

那趟旅途的終點站

言葉恢復記憶了。

接到讀美的通知，朔夜用最快的速度趕到書店。

他顯然也很擔心並的狀況，一看到讀美，劈頭就小聲地問。

「並還好吧！」

「大、大概還好……？」

「這不是很不好的意思嗎……話說回來，他們人呢？」

朔夜往店內看了一圈，遍尋不著並與言葉的身影。

讀美指著朔夜衝進來的門。

「並先生和言葉小姐出去了，大約十分鐘前。」

「欸，什麼嘛，虧我還刻意壓低聲音說話。」

或許是判斷不需要特別顧慮，朔夜恢復平常的音量。

「朔夜，你沒遇到他們嗎？」

「我從大門進來，沒遇到他們。」

「咦？那他們上哪兒去了？」

「管他的——不過，那兩個人要是沒出去的話，還能去哪裡？」

「既然你沒在門口遇到他們，會不會是去大宅了？」

「……發展得那麼順利嗎？」

朔夜問道，讀美一時半刻不知該怎麼回答。

因為她並不覺得並和言葉的氣氛有那麼融洽。

恢復記憶的言葉向並低頭道歉：「對不起。」或許是不想被別人看見，並帶言葉出去了。

見讀美答不上來，朔夜望向篤武和芽衣。

篤武和芽衣的表情也沒比讀美好到哪裡去，所以朔夜大致猜到了七八分。

「……這下子該怎麼辦？要去看看嗎？」

「欸……不要啦。像這種情況就交給兩個年輕人……」

「說什麼傻話，妳也是年輕人吧。」

「我明白你是在擔心並先生，可是他們好不容易獨處……」讀美阻止朔夜。

「我也贊成朔夜的意見。」篤武巴著窗戶，往外窺探。他從剛才就一直尋找並和言葉的蹤影。

「從這裡什麼也看不見，還是去瞧瞧吧！」

「篤武前輩，看熱鬧的行為很沒品耶。」

芽衣牽著豆太，批評篤武。

「我怎麼可能做出看熱鬧這麼低俗的事……」

「篤武前輩就是會做出這種事的書。」

「唔……妳、妳也很好奇吧！後輩。」

「並他們就是不希望被人看熱鬧才出去的不是嗎？」

芽衣一語道破，駁回篤武的意見。篤武被堵得淚眼汪汪。

「……前因後果我不清楚，但你這樣有辦法考上醫學系嗎？」

「我又沒有要當律師，用不著妳操心！」

「這倒是，你得先變成人類才行。」

「這句話說得真狠吶，後輩……但又是事實……可惡，誰來安慰我……」

「汪！」豆太叫了一聲，篤武撫摸豆太的袖珍書說：「只有你對我最好了，忠犬！」

看著書店成員你一言、我一語地鬥嘴，讀美不禁微笑。

這裡果然是令人流連忘返的好地方。不只因為這裡賣的都是不可思議的幻本，而是因為他們在這裡。

「嗯……我還是去看看吧。」

朔夜抱著胳膊思索片刻，丟下這句話，轉身就要走。

「慢著慢著。」讀美攔住走向門口的朔夜。「你真的要去嗎？偷窺不太好吧。」

「我只是去關心一下，才不是偷窺。」

「我認為都一樣。」

「可是他們的氣氛很尷尬不是嗎？」

「嗯……嗯。」讀美不得不點頭承認。

尷尬這個形容詞還用得客氣了，事實上，情況可能比尷尬更糟糕也說不定。

「……我這次真的很擔心並。那傢伙自從言葉出現就顯得方寸大亂，搞不好今天真的會落下男兒淚。」

朔夜望向窗外。

今天是難得的陰天，空氣中瀰漫著山雨欲來的濕氣。

「朔夜要去的話，我也要去！」

「快下雨了，你不能去。你那麼重，我才不想帶著你。不過如果你覺得淋濕也無所謂的話，隨便你。」

「你就不能保護我一下嗎！……算了，我和後輩在店裡等，你要向我們實況轉播喔。」

「知道了啦。讀美呢？」

被點到名的讀美舉棋不定。

明知不該偷看、偷聽別人的對話，但她的確很擔心並和言葉的狀況。

「如果只是遠遠看著……」

猶豫了半天，讀美決定和朔夜一起去。

一半是真心認為必須監視朔夜，以免他打擾並和言葉，另一半則是藉口……說穿了，讀美也想知道那兩個人的進展。

「好，那我們走吧。」

朔夜說道，推開書店的門。

讀美與朔夜在篤武和芽衣的目送下一起離開書店。

時間已經過了下午四點半。

氣溫比白天低了好幾度，帶著寒意的冷風拂過臉頰。

空氣中充滿雨的味道，一如朔夜提醒篤武的那樣，就快下雨了。秋風吹得枯葉沙沙作響，靜靜地將雨雲吹送過來。

察覺到山雨欲來，朔夜開始打電話。

「喂，你好，我是朔夜。不好意思，請問你知道並去了哪裡嗎？……這樣啊，我知道了。好的，我明白，謝謝。」

「你打給誰？」

「徒爾。他說並和言葉在大宅那邊。」

「在大宅裡嗎？」

「不是，在院子裡。徒爾說他們繞了大宅一圈，決定在院子裡說話。」

「徒爾也一起嗎？」

「沒有，他大概只是在外面守著。走吧。」

讀美苦笑，跟上走在前面的朔夜身後。

大家想的都一樣。

可見並對大家的重要性。徒爾當然不用說，朔夜雖然諸多抱怨，其實很仰慕並，讀美也一樣。

讀美和朔夜瞻前顧後地在院子裡前進，以免與並他們碰個正著。

「我還是第一次單獨和你走在這條路上。」
「這麼說倒也是。話說回來，妳走過這條路啊？」
「嗯，跟徒爾還有並先生一起走過。」
「這樣啊。」
「朔夜……你還在忙嗎？」
「呃……對呀。」
「還要多久才告一段落？我還要等多久？」
他們已經很久沒有機會像這樣單獨談話了。
因此讀美決定提出自己一直耿耿於懷的問題。
朔夜似乎有些困惑，但也認真地開始思考。
「我本來想等全部結束再跟妳說，但妳很在意吧。」
「嗯……與其說在意，不如說是擔心。」
擔心朔夜的事，也擔心朔夜與自己的事……什麼都不知道令人不安，比起並和言葉的事，讀美更想知道朔夜的事，所以希望他能坦誠相告。
「好吧，我說。」朔夜大概也感受到她的心情，下定決心地點點頭。
「不過在那之前，可以先問妳一個問題嗎？其實是非問不可。」
「什麼問題？這麼突然……」

「別那麼緊張，又不是什麼恐怖的問題。」

朔夜安撫全身緊繃的讀美。

讀美心裡七上八下，忐忑不安地催他問下去：「請說。」

「妳說要考大學，已經決定好要去念哪一所大學了嗎？」

讀美不解地側著頭，心想「幹嘛問這個？」回答朔夜的問題：

「呃……我可能不上大學了。」

語聲未落，朔夜已經訝異地驚呼出聲。

「咦……妳不念大學嗎？」

「嗯，還不確定……」

「那妳打算做什麼？」

「這個嘛……我想等一切塵埃落定再告訴你……這是我個人的情緒問題。」

「……跟我一樣。」

朔夜嘆口氣，搔搔頭。

「欸？」讀美眨眨眼。「什麼東西一樣？」

「我和妳的想法一樣……乾脆現在一起說吧。」

「咦？現、現在？」

「因為如果不知道妳的決定，我也沒辦法採取行動。」
「什麼意思？為什麼？」
「要解釋這件事就等於要解釋我在忙什麼，所以由妳先說。」
「欸，我才不要！」
被逼問的瞬間，讀美不假思索地拒絕。
朔夜大概沒料到她會拒絕，當場愣住。
「為什麼這麼堅持，不就只是情緒上的問題嗎。」
「情、情緒上的問題就不重要嗎？情緒也很重要啊！」
讀美抵死不從。
因為她早就下定決心，一旦決定好未來的方向，告訴朔夜時，也要對他表明自己的心意，向他告白。
怎可能突然要她說就說得出來。
（我還沒作好心理準備……）
讀美心急如焚，與一頭霧水的朔夜四目相對。
要是朔夜願意給她時間作心理準備，讀美或許能擱下告白的事，先告訴朔夜自己目前規劃中的人生藍圖。
但讀美不只笨手笨腳，連性格也沒那麼機靈，無法立刻聰明地把兩件事切割開來。

「你、你先說。」

「我也有情緒上的問題……糟糕！」

朔夜似乎意識到什麼，突然蹲下。

讀美還在狀況外，朔夜拉住她的手，不由分說地拉她進樹叢。

太陽就快下山，再加上陰天和樹葉都遮住了這一帶的光線。

讀美的神經沒有大條到在這樣昏暗的情況下被拉進樹叢還不提高警覺，腦中必然一片空白。

「喂，等等，你做什麼——嗚！」

「別出聲……妳看那邊。」

朔夜從背後捂住讀美的嘴巴，讀美放棄掙扎，望向朔夜指的方向。

穿過綠意盎然的小徑盡頭，坐落於偌大宅子前的花壇正中央。

並和言葉正面對面地站在那裡。

離開書店，並與恢復記憶的言葉聊了許多。

並問言葉十年前離開這裡後去哪裡旅行，遇見哪些人，又與哪些人離別。

言葉去過的地方多得超乎他想像，北至北海道，南到沖繩……利用書本的身體移動似乎比人類移動容易得多。讀者也形形色色，有人對她很溫柔，也有人認為她很可怕，朝她破口大罵。

言葉則問並看過什麼書，這些日子都做了些什麼。

並說他看過許多書，有些令他印象深刻，有些已經毫無記憶。言葉離開後，他決定開一家蒐集幻本的書店，一路至今。但他沒有告訴言葉，之所以選擇這種生活是因為言葉的關係。

聊著聊著，不知不覺便繞完庭院一周，如今，並與言葉面對面地站在大宅的花壇前。

明明還有很多話想跟她說。

並心裡明明有很多十年來日積月累，期待著有朝一日重逢想告訴她的話。

然而，當言葉真的站在自己面前，他反而說不出口。

因為他察覺到一直藏在自己內心深處真正的想法。

……為了不把那個想法說出口，他必須用上所有的意志力。

「並，謝謝你……可是我該走了。」

並提議進屋再說，言葉搖頭婉拒。

「為什麼？妳還在生氣十年前的事嗎？」
「我嗎？生什麼氣？」
「……我為了不讓妳去旅行，利用妳的溫柔，強留妳一個月，肯定讓妳留下很不愉快的回憶吧。」
並想起十年前與言葉共度的那個月。
為了把她留在自己身邊，言葉每次想動身啟程，並都不讓她有機會開口。
他只想到自己，未曾尊重對方。
「當時的我太幼稚了，只想一直和妳在一起，把自己的欲望強加在妳頭上，搞到最後只能以那種方式分開……我一直想著要是能再見到妳，一定要為自己的任性孩子氣向妳道歉。」
言葉再次出現時，並就一直想向她道歉。
十年前，他只顧著自己的心情，傷害了對方，已經沒有資格告訴她自己喜歡過她，現在也還喜歡她。所以要是能再見到她，只想向她表達感謝與歉意，感謝她以前對自己的包容，為自己剝奪她的自由，將她綁在自己身邊一事道歉。
沒想到再見時，言葉已經不記得自己，並的想法與滿肚子的話皆無處可去，令他大受打擊，簡直像是被丟進無盡的曠野。自己一直魂牽夢縈，始終難以忘懷的人唯獨不記得他……

他終於明白這種被丟進無窮曠野的心情有多麼痛苦悲哀。

——「隨便妳愛去哪裡去哪裡，反正我很快就會忘記妳了。」

明白自己十年前對她說的話有多殘酷。就算她忘了自己，也是他罪有應得。

「我真的對妳做了很過分的事，我一直、一直很後悔。如今總算能告訴妳，那段時間真的很感謝妳，還有，對不起。」

「……並，你當時為何要留住我？」

始終沉默聆聽的言葉開口問並。

「因為……因為我想跟妳在一起。」

「為什麼？為什麼想跟我在一起？」

「那是因為……」

「你喜歡我嗎？」

言葉單刀直入地問道，並僵住了。

跟十年前一模一樣。

言葉清澈的眼神彷彿能看穿一切，緊緊地握住並的心臟。

「才沒有這回事……」

「我喜歡你喔。」

天空落下一滴雨。

直通通地穿過言葉的臉頰，跌落地面。

「言、言葉，妳會淋濕，先進屋裡再說。」

並認為有什麼話進屋再說，但言葉還是不肯。

「言葉……」

「我是一本書，很清楚讀者閱讀時的心情。」

言葉輕撫著自己的本體說道。

被許多人接觸過，封面是世界地圖的文庫本。

「十年來，我去過很多地方，被很多人閱讀過。可是，看我看得最認真的人是你。你雖然沒說過你喜歡我的故事，但是你一而再、再而三，不厭其煩，視若珍寶地閱讀我……或許因為這樣，旅途中我總是一再地想起你，想起與你共度的時光。

「你挽留我，我並沒有不開心。所以你——十年前的你不需要向我道歉。」

「既然如此……為何那時候……」

「比起你，當時的我更想去見那些還沒有見過面的讀者。因為那是讓我誕生到這個世界上的作者的心願。」

不用問她為何要離開，並也早就知道答案了。

早在十年前就知道了。

因為理解她的心願，所以才沒有挽留。因為知道自己沒有權利留住她，所以才沒有挽留。

更重要的是，他缺乏勇氣。

萬一她拒絕自己的挽留，萬一她選擇的不是自己……一想到這裡，他就覺得好害怕，所以……

「……是我把妳推開，我終究還是傷害了妳。」

是我不好，妳沒有錯。

言葉靜靜地搖頭，推翻並的自責。

「我其實早就知道你會那麼說，所以故意激你說出口。因為我自己離不開，只好讓你當壞人。」

「妳是說……當時妳也想留在我身邊嗎？」

「是我想留在你身邊。可是我的年紀比你大，你還是高中生，我擔心和你在一起會不會造成你的困擾，所以我認為那個選擇對彼此都好……」

「我已經長大了。」

並以嚴肅的表情斬釘截鐵地斷言。

言葉原本還想打哈哈帶過，瞬間瞪大雙眼，當場愣住。

「當時的我還未成年，但是十年過去，我已經長大成人，甚至快三十而立了。順便告訴妳，我早就知道妳幾歲，也知道我們的年紀根本沒有差到哪裡去。」

「欸，討厭啦，你怎麼會知道。」

「因為我看過後面的版權頁，妳是一九八——」

「停停停，不用說出來也沒關係！不對，是請你不要說！怎麼可以戳破女生的年齡……」

「所以年紀根本不成問題。」

「是沒錯啦……」

一滴、兩滴……雨滴的數量愈來愈多。

終於滴落在言葉的本體上。並看不下去，搶過她的本體。

「如果妳決定要走，我也會老老實實送妳走。所以先進屋，等雨停了再說。要是本體被淋濕，妳的心願也難以實現不是嗎？」

並抓住言葉的本體，擁入懷中，用自己的身體為她擋雨。

原本就只是這樣而已。

並卻全身僵硬。

回過神來，言葉的臉近在眼前。

十年的歲月不曾在她臉上留下任何痕跡，她還是那麼楚楚動人，全身散發出宛如月光的淡淡光暈，唇瓣貼向並的嘴唇。

伴隨著柔軟的觸感，彷彿親到真人。但又像一縷輕煙，轉瞬即逝。

就像一個謊言，也像是一場夢……

「──欸！為、為什麼碰得到……？」

主動親吻並的言葉發出驚駭的叫聲。

她之所以驚慌失措，想必是跟並一樣，感受到親吻的觸感。這種現象不可能發生在身為幻本的言葉身上，會嚇到說不出話來也是情有可原。

被親吻的並當然也嚇了一大跳。

不過，並隱約知道為何會發生這麼不可思議的現象，至少比眼前面紅耳赤、六神無主的言葉更清楚原因所在。

（言葉肯定也想變成人類……）

並望著書店的方向，努力用渾沌的腦袋思考眼前的突發狀況。

雖然離得有點遠，但這裡大概也在神明的力量範圍內。

再加上眼前的言葉本身也有想變成人類的願望，與讀者——與並心意相通。

但她肯定還沒想清楚。

還沒想清楚是要貫徹身為一本書的使命，還是選擇與單獨一位讀者兩情相悅，所以還在書與人的夾縫裡徬徨。

「呃，聽我說……言葉，關於這件事……」

「對、對不起！」

並正想冷靜下來向她解釋，就在他開口的那一瞬間。

言葉搶回本體，甩開並的手，衝了出去。

瞬間變回書本的言葉與其他幻本並無二致，以彷彿感受不到地心引力的速度一溜煙地逃走了。

親完就跑——並被接踵而來的狀況搞得混亂至極，一時茫然無措地看著她的身影愈離愈遠。

直到冰冷的雨打在臉上，終於喚醒他的神志。

「欸，慢、慢著……言葉等一下！言葉！」

並失聲呼喚，但言葉置若罔聞。

要是就這麼放她走，原本可以互相理解的心意也理解不了。

並後知後覺地反應過來，他們可能快要心意相通，可能快要兩情相悅了。只要距離能再縮短一點……不管是與她的心，還是跟神明的距離……

「……一定要找到她！」

並下定決心，冷靜思考。

人類的身體追不上書中人，所以用普通辦法一定攔不住她，再說自己也沒有百米衝刺的體力……

「……只剩那條路了。」

並立刻作出結論，放棄言葉從院子揚長而去的小徑，轉身衝往另一個方向。

衝向前幾天告訴讀美的那條面向大宅左手邊，通往書店的捷徑。

沒有一絲猶豫地衝進原本因為膽怯而無法踏進去的綠色隧道。

讀美和朔夜躲在茂密的樹叢裡，不約而同地羞紅了臉，面面相覷。

她萬萬沒想到會目擊認識的人在自己面前親吻的現場，而且還是和朔夜——和喜歡的人一起看到。雖說是為了不讓對方發現，但彼此靠得很近依舊是事實。

或許是因為這樣的狀態。

讀美一時間居然沒發現言葉逃走了，直到言葉亞麻色的長髮拂過他們身邊，才好不容易解除封印。

「啊——言、言葉小姐！」

讀美喊她，但言葉未曾停下腳步，朝書店的方向狂奔而去。

耳邊傳來並在大宅前「等一下！」的吶喊，讀美連忙起身想追上言葉。雖然完全不明白親吻後怎麼會演變成你追我跑的局面，但直覺告訴她，絕不能讓言葉就這樣離開。

「朔夜，快追上去！——朔夜！」

「啊，好。」

從背後撐住讀美的朔夜顯然也跟她同樣呆滯，兩人衝出樹叢，追向言葉。

冰冷的雨一滴一滴地打下來，宛如斷了線的淚珠。

長滿在小徑兩旁的樹葉發揮了些許擋雨的效果，但書店前沒有遮蔽物，得在言葉淋濕前先攔住她才行。

問題是死活都追不上言葉，就連腳程比讀美快上許多的朔夜也追不上。

「言葉……小姐……跑得好快……！」

讀美上氣不接下氣地說。

不愧是幻本，跟無法擺脫地心引力，體力也有限的人類就是不一樣。

再這樣下去就追不上了……心裡雖然產生放棄的念頭，但讀美和朔夜依舊追著言葉不放。

「言葉小姐，停下來！妳的本體會淋濕！」

朔夜在前方拚命喊，但言葉硬是不肯停下腳步。朔夜如今也是血肉之軀，跟一年前與篤武你追我跑的時候不可同日而語。

沒多久，桃源屋書店從樹蔭夾道的小徑盡頭映入眼簾。就在讀美和朔夜心裡暗叫不妙的同時，言葉突然毫無預警地停下腳步。

因為並就站在小徑前方。

「並……？咦，你是怎麼……？」

「我也不知道我是怎麼辦到的。」

並氣喘如牛，臉上有好幾處細微的傷痕。

頭髮沾滿葉片，衣服上也到處都是草木的種子。

看到並狼狽的模樣，只有讀美知道這是那條綠色隧道的洗禮。為了繞到言葉前面，並不惜勇闖他原本敬而遠之，不敢輕易靠近的隧道，只為了攔住言葉。

「言葉總是讓人措手不及……」

並以低沉的嗓音說。

「不管是相遇的時候、離開的時候，還是剛才的吻……全都太突然了。話說回來，明明是妳自己親我的，為什麼要逃走？」

並目不轉睛地盯著言葉，一字一句地說。讀美從沒聽過並用這種聲線說話，既像是生氣，又像是傷心。

相較之下，言葉望著並的眼眶泛紅。

「因、因為……我沒想到會碰到！怎麼會……」

「沒有人跟妳提過神明的事嗎？」

「有是有……」

言葉轉頭看讀美。

讀美點頭如搗蒜。嗯，嗯，我告訴過她了。

讀美和朔夜再也無法只是在一旁看著，雖然不想多嘴，但畢竟在不可抗力的情況下參與了這場你追我跑的鬧劇。雖然這終究是並與言葉的事，但他們畢竟是基於關心，才從書店出來看看的。

「……神明會把與讀者兩情相悅的幻本變成人類。」

並走向言葉，曉以大義似地說道。

兩旁種滿了樹，背後又有讀美和朔夜擋著，言葉無處可逃，抱著自己的書，茫然佇立。

並走到她跟前，深呼吸，觸摸言葉的本體。確定她沒有掙扎後，雙手輕柔地抓住那本書。

「我一直都很喜歡妳，現在也是。」

並口齒清晰地說出十年前沒能說出口的話。

「既然妳剛才有一瞬間變成人類的身體，就表示……言葉，妳也喜歡我吧。不是過去式，而是現在式。」

不是嗎？並靜靜地問言葉，似是祈禱，又像懇求。

從並的樣子看來，他無意強迫言葉回答，只是在等待她發自內心的答案，那才是他真正想聽到的答案吧。

言葉用力地閉上雙眼。

「可、可是我……為了作者，我必須讓更多讀者閱讀，我是為了這個使命才到處旅行……」

言葉既沒有承認，也沒有否認。

周圍傳來吸飽濕氣的雨水打在葉子上的聲音，音量一次比一次響。

「十年前，我敵不過妳的願望。妳的心願太偉大了，與這樣的心願為敵，我認為自己毫無勝算，所以放手讓妳走。因為我怕妳選擇實現自己的願望，而不是我……

「……可是，倘若妳也喜歡我，那情況就不一樣了。」

雨愈下愈大，穿過樹葉的縫隙，開始淋濕小徑。讀美和朔夜都面色如土地擔心言葉的本體弄濕。

並和言葉也注意到了。

雖然注意到，卻還是選擇面對眼前人。

「妳是一部作品，但是在那之前，妳也是一本書。就算找到妳的兄弟姊妹，我還是覺得妳最好。就算有其他類似的書，他們都不是妳……我只要妳。」

並攬過言葉被雨淋濕的書，為她遮風擋雨。

如同真正重要的東西是無可取代的。

這就是他的心意。

「不能由我一個人代表全世界的讀者愛著妳這本書嗎？」

並這句話擲地有聲地迴盪在細雨無聲落下的世界裡。

我比全世界的讀者加起來還愛妳，以及妳看得比什麼都重要的故事。

這樣難道還不行嗎？並問言葉。

言葉緊緊地抓住自己的本體，不停搖頭。

「怎……怎麼可能……不行……我高興都還來不及……」

言葉斷斷續續地回答，眼裡滾出成串的淚水。

她的淚水晶瑩剔透，叭噠一聲滴落在書上，印上水痕。

並目瞪口呆地看著這一幕。

「言葉……？妳的眼淚……」

「咦？」

閃閃發光的淚水順著她的臉頰勾勒出一縷銀絲，並輕輕地伸手觸摸。指尖摸到言葉的臉頰。

並的手頓時停在半空中，彷彿丈量夢與現實的距離，然後才慢慢地，溫柔地捧住她的臉。言葉似乎還不明白發生什麼事，眨著淚濕的雙眼。

「咦？並，這是……」

「……啊，老天吶。」

並全身無力地吐出一口大氣，喜不自勝地抱緊了還搞不清楚狀況的言葉變成人類的身體。

「看吧，我們果然兩情相悅……言葉。」

言葉一時之間還反應不過來。

然而，從冰冷的雨沒有穿過自己的身體和並將自己擁入懷中的體溫，她似乎也慢慢地理解到發生了什麼事。

「我變成人類了……」

言葉哭著說。

她認為這是不被允許的。

……但同時也感到至高無上的幸福。

兩種背道而馳的情感在心裡拔河。

有如剛呱呱墜地的初生嬰兒，擁抱著曾經是自己本體的書和並的身體，嚎啕大哭。

言葉就這樣在下個不停的雨中哭了好一會兒。

終章・表

為了誰的書

當綠蔭參天的小徑裡再也聽不見雨絲落在地上的聲音。

「……哈啾！」

不屬於自己的噴嚏聲嚇了並和言葉一跳。

噴嚏是讀美打的。

讀美正與朔夜在一旁默默守護著兩人至今的變化。

「對、對不起，好好的氣氛都被我破壞了。」

「話說你們也該回去了，好冷噢。」

為了不讓體溫流失，與讀美緊緊依偎的朔夜也吸了一下鼻子。

兩人跟並和言葉一樣，都淋成落湯雞。

「抱，抱歉，我完全沒注意到你們……」

並放開言葉，難為情地說。

言葉把臉藏在書後面，害羞得只想挖個地洞鑽進去。

讀美非常能體會她的心情，羞怯的反應與年齡沒有半點關係。

「這也沒辦法，誰教你們完全進入兩人世界，真好啊，打得火熱。」

「哎，沒想到有一天會從你口中聽到打得火熱這四個字。」

並以不懷好意的笑容反擊朔夜不懷好意的調侃。

但今天的並顯然少了一點平常的遊刃有餘。

「我、我說，先回書店吧，要是感冒就糟了。」

所有人都贊成讀美的提議。

穿過林蔭小徑，雨已經停了，夕陽從灰濛濛的雲隙探出臉來，灑落橘色的餘暉。

四個人沐浴在柔和的陽光下，魚貫走進書店。

最後進門的讀美反手正要關上門時，赫然發現。

「啊，彩虹。」

讀美等人走來的林蔭小徑上空掛著一道迷你的彩虹。

彷彿在祝福剛才發生的事……

回到書店，又是一場大騷動。

該說是騷動的源頭嗎，總之有九成的騷動皆由篤武引起。

「言、言葉小姐怎麼會變成人類——?!」

篤武怎麼會？為什麼？為何？地大呼小叫，芽衣露出厭煩的表情。

「因為與讀者兩情相悅啊。」

「和誰？並先生嗎？」

「這還用說嗎，除了他還有誰。話說回來，篤武前輩，你不是像隻樹蛙巴在窗口，全都看見了嗎。」

芽衣毫不留情地當面戳穿，因此變得噤若寒蟬的可不只篤武。

並和言葉這兩個當事人也都脹紅了臉，沉默下來。

芽衣和篤武也看見發生在書店前的事了，這麼一來，目擊者增加到四名。

「裡、裡面有毛巾和吹風機，總之先吹乾頭髮。」

並按著言葉的肩膀，推她走向櫃臺後面。讀美和朔夜跟著進去。

讀美也想讓他們獨處，但現在可不是為人著想的時候，要是帶著感冒去學校上課，肯定會被因為考試而搞得神經過敏的同學當成瘟神對待。

只不過，讀美和朔夜識相地拿了毛巾和吹風機就離開。

不是想讓並和言葉獨處。

而是不想目睹剛心意相通的熱戀情侶卿卿我我的現場。

讀美心裡小鹿亂撞地認為談戀愛的熱度與年齡無關。要說年齡，徒爾的年紀更大。再說了，要是沒有這種程度的熱情，幻本或許也無法變成人類。因為有如此強烈的意念，神明才願意助有情人一臂之力。

正當她沉浸在思緒裡，臉上傳來一陣熱風。

「好熱！你做什麼？」

「快點吹乾啦，我的頭髮放著不管也會乾，但妳可不是。」

朔夜邊用毛巾擦頭髮，邊將吹風機遞給讀美。

讀美接過吹風機，兩眼發直地盯著朔夜看。

「謝謝。我問你喔，朔夜。」

「什麼事？」

「朔夜在一年前變成人類對吧？那個……」

讀美說到這裡就接不下去了。

她想知道朔夜的心情是不是還與讀美心意相通，變成人類的那天一樣，但又不知該從何說起。萬一他說「早就不一樣了」，自己也不知道該作何反應才好。

她決定向朔夜表達自己的心意，但是又想到萬一在那之前，朔夜先說他的心已經不在她身上，好不容易鼓起的勇氣不由得萎縮。
「嗯？然後呢？妳想問什麼？」
「……你已經習慣吹頭髮了嗎？」
讀美隨口搪塞過去，朔夜訝異地皺眉。
但朔夜並未深究，只說：「還好，只有一開始的時候不太習慣。」讀美鬆了一口氣。
同時也在內心對自己的膽怯頭痛不已。
無論是誰，是什麼理由都好，真希望有人推自己一把。
讀美邊吹頭髮，邊思考著這個無解的問題。

並和言葉單獨待在有一排置物櫃的後場。
「人類的身體真不可思議。」
言葉捏捏拳頭、動動腳，檢查自己的身體。
「就我來說，幻本的身體才不可思議。」
「是嗎，我以前都不知道雨這麼冷、人的身體這麼溫暖。」
言葉感觸良多地低喃。她從沒用毛巾擦過頭髮，所以是由並幫她擦。
「……妳後悔變成人類嗎？」並問道。

「不後悔。」言葉搖頭。「我離開你以後，一直很後悔。這十年來，我總會想起自己曾經想成為只屬於你的書，這點令我非常痛苦。

「……不瞞你說，是我自己撕掉那一頁。」

「咦……是妳自己撕的？」

言葉充滿歉意地在毛巾裡點頭。

「我以為要是能忘記你，就能得到平靜，不用再煩惱，所以自己撕掉那頁你反覆閱讀過無數次的部分。」

「這樣啊，所以當妳恢復記憶時，才會說『對不起』……」

「沒錯，因為我終究還是回到這裡來了，簡直是自討苦吃。」

「我很高興喔，因為妳即使不記得我，還是來找我了，證明我們有緣。」

並說得言葉羞紅了臉。

並很樂於看到這種反應，笑得合不攏嘴。

「……並，你變了。」

「欸，妳的意思是說……從前的我比較好嗎？」

「不是，我覺得你變成熟了，有點遺憾不能在你面前擺出姊姊的架子，以前那個桀驁不馴的並也很可愛。」

「過了十年，人都會變的。」

並再次深深地體會到，遇見過許許多多的人和書之後，現在的自己已經來到十年的自己無法想像的地方。

站在不試著往前走就無從得知前面有什麼的路上，沒想到還能再遇見言葉，並覺得很幸福，很想謝謝十年前的自己堅持走在這條就連選擇都很困難的路上。

「……這麼說來，並。」

「什麼事？」

「你是怎麼弄到那一頁的？」

言葉不經意的疑問讓並擦頭髮的手頓時擱淺在半空中。

言葉一臉不解地觀察他的反應。

「怎麼啦？」

「那個……我可以告訴妳，但妳可不要嚇壞了。」

言葉一頭霧水地回答：「嗯，那要看你怎麼說。」並回以苦笑：「說得也是。」

「那個……其實是我還記得那一頁的內容。」

「欸？可是從分段到標點符號的位置全都一模一樣。」

言葉恢復記憶後，也想起了佚失的那一頁內容，所以她知道複製的那一頁與原文分毫不差，一模一樣。

「我全部記得，因為那是我最喜歡的書裡最喜歡的一頁。」

「可、可是全部？」

「就是全部。說起來真不好意思，可是妳想想，那個月我反覆看了好幾次，尤其是最後的地方。陪我一起閱讀的言葉應該還記得我像個傻瓜似地看到入迷的狀況。」

聽到這句話，言葉又羞紅了臉頰。

大概是想起當時的情景。

「嗯……的確是……就算背下來也不奇怪的狀況……沒錯……」

「……妳不會因此討厭我吧？」

言葉的錯愕害並有些慌張。

或許是擔心言葉逃走，用力地握緊手中的毛巾。

「事到如今，就算妳說想變回書本，我也不知道把妳變回去的方法喔。」

「我又沒這麼說。」

「還是妳又要去哪裡旅行？」

「我也沒這麼說。」

並的語氣像是在鬧彆扭，逗得言葉咯咯笑。

按住並為自己擦頭髮的手，閉上雙眼。

「我曾經以為，因為我是一本書，像本書活下去是我的使命。可是啊，這裡才是讓我感到身心安頓的地方，旅途中一直想回來。再加上喜歡的人那樣對我說，更是再也離不開了。更何況，我還不小心知道了人體的溫暖……

「……所以，請讓我待在你的身邊。」

言葉緊緊地抱住並，並以點頭回擁。「好。」

然而，言葉的臉色有些陰鬱。

「……可是對我的作者真過意不去。我放棄旅行，選擇自己的幸福，該說是半途而廢嗎？」

並聞言拿起言葉放在一旁的本體。

糊糊還沒全乾，必須繼續加壓才行。被雨淋濕的部分，只要加壓靜置一晚，縐掉的紙張應該就能恢復平整。

「是我讓妳變成人類，由我來說或許沒什麼可信度，但是把妳這本書的結局寫成這樣的不正是作者本人嗎？他肯定會笑著祝福妳抵達旅途的終點。」

不用看內容，並也知道這本書的結局是什麼。

知道不斷旅行的主角，最後選擇什麼……

多虧了並的提醒，言葉想起書中的結局，苦笑著回答：

「啊……說得也是，我也有同感……」

「更何況，妳雖然變成人類，但書還在。我會幫忙讓更多讀者知道這個故事。十年前的我或許辦不到，但現在妳可以多依賴我一點。只要是妳的心願，我一定會幫妳實現。」

「……你果然變了。」

「欸，不行嗎？」

「沒有不行，你變得更可靠了。」

言葉噗哧一笑，並也跟著笑逐顏開。

感謝如今能這樣與她相視微笑的奇蹟。

（……神啊，真的非常感謝祢）

一直以來，並所扮演的角色是守護幻本和幻本的讀者。

不管是徒爾、朔夜，還是讀美姊姊非常寶貝的幻本……

因此並始終不明白心意相通是種什麼樣的感覺，始終抱著十年前與言葉分別的創傷。

可是此時此刻，他確實感受到了。

讀者與書兩情相悅的瞬間……原來是這麼溫暖、這麼幸福的一件事。

讀美關掉吹風機。

衣服實在沒辦法，但頭髮幾乎已經吹乾，也不冷了。

早已放棄用毛巾擦頭髮的朔夜和生怕被濕答答的人類波及到的篤武，以及正安撫篤武「沒事的，冷靜一點」的芽衣都圍在櫃臺四周。

並與言葉還不出來。

讀美想給長髮的言葉吹風機，又覺得應該等他們自己出來，以免又撞見認識的人親吻的場面，光是回想起來都覺得很尷尬。

（對了，得向神明道謝才行——）

感謝神明這次也創造了奇蹟。

神明肯定從那一刻……不，從言葉出現在書店的時候，就一直守護著他們。

讀美重新用幸運草的髮夾固定住劉海，正要走出櫃臺時。

「啊！」

神壇前有個臉上貼著空白頁的少年，讀美當場愣住。

居然是神明本人。

神明似乎也留意到讀美的存在，靜止不動。

（咦，怎麼？這次沒逃走……？）

不到十秒鐘的空檔。

過去從未僵持這麼久。

（……難不成可以跟祂說話）

讀美躡手躡腳地緩緩走向神明。

萬一被篤武發現，他肯定會哭著請求：「請讓我變成人類！」神明肯定也會馬上把本體的書放回神壇，消失蹤影。必須不慌不忙，不要嚇到對方……

如此這般，讀美總算走到神明面前。

距離近到可以握手。

「那、那個……謝謝您成全並先生和言葉小姐的心願。」

讀美小聲地說。

神明似乎正隔著貼在臉上的書頁，一瞬也不瞬地瞧著讀美。

讀美緊張歸緊張，還是慢慢地說出心裡想告訴神明的話。
「不只這次，我姊姊和阿松婆婆的時候也是……還有朔夜的事。」
正要再次說出「謝謝」二字時，神明望向讀美身後。
讀美莫名其妙地轉過身。
神明突然用力地將自己的本體抵在讀美背後。
咦？讀美還沒反應過來，瞬間有股溫暖的，類似語言的東西流入讀美體內。
「呃……您是要我加油嗎？」
讀美說道，神似乎笑了，被書頁遮住的嘴角勾起溫柔的弧度。
然後轉身背對讀美。
把本體安放在神壇裡，留下讀美，如幻影般消失。
「……被神明推了一把。」
「妳怎麼了？讀美。」
與此同時，朔夜從櫃臺探出臉問她。
「沒什麼，神明剛才現身了。」
讀美一臉茫然地回答。感覺依舊像是丈二金剛，摸不著頭腦。
「欸，真的嗎。妳還真容易見到神明啊。」

「嗯……聽我說，朔夜。」

「怎麼啦，我可不羨慕妳喔。」

「不是這個，我有話想跟你說。」

讀美決定重提剛才討論到僵掉的話題。

可是不知該從哪裡說起。

自己的未來與對朔夜的心意、朔夜忙昏頭的原因，以及朔夜對讀美的感情。

……好，既然如此，就按照順序來吧。讀美抱著大不了粉身碎骨的決心。

既然神明都推她一把，要是錯過這次機會，這件事大概拖到地老天荒也不會有結果。

「剛才我們去大宅找並先生時不是討論過嗎？關於那件事……」

「生日快樂！親愛的並少爺！生日快樂！親愛的言葉小姐！」

這時，書店的門突然打開，徒爾唱著歌走進來。

異於常人的肺活量似乎也造就異於常人的歌聲，桃源屋書店整個被徒爾驚人的清唱撼動，幻本們全都大驚失色，甚至還有人從書架上摔下來。

讀美和朔夜手忙腳亂地拾起幻本，徒爾笑容滿面地說了聲：「真對不起！」絲毫沒有反省之意。

「現、現在是怎樣？什麼東西爆炸了？」

就連裡頭也察覺到騷動，並和言葉嚇得跑出來。

看到他們，徒爾臉上的笑意更濃了。

「上次沒能為少爺慶祝生日，今天雖然有些倉卒，但我打算開個慶生會！」

徒爾說完，把手裡的銀色大盒子放在茶會用的桌上。

打開盒蓋，裝飾得絢爛豪華，有如皇室舉行婚禮用的一整模蛋糕映入眼簾。

「哇，這蛋糕也太浮誇了吧，而且真的太倉卒了。」

「請原諒！我就想在這天慶祝！再說了，今天不慶祝，要等到何時才慶祝！」

「今天是我的生日嗎？」

言葉如墜五里霧中地問道，徒爾笑著點頭。

「是您變成人類的生日。」

「哦，原來如此。話說回來，徒爾先生，你什麼時候準備的蛋糕？」

「從剛才少爺和言葉小姐開花結果的那一刻起，敝人在下我用盡全力準備的，所以才剛出爐。」

「等等，你看到了？你從哪裡看到的？」

並質問徒爾，言葉雙手掩住紅到不行的臉。雖說是事實，但是被這樣赤裸裸地說出來，還是讓人害羞到不知所措。

或許對當事人來說有點可憐，但大家都看到了。

不過，大家也都對今天發生的事寄予祝福。

「讀美，關於妳剛才說的話……」

「啊……還是改天再說吧，今天是大喜之日。」

「也好。」

朔夜與讀美相視苦笑。

在這種普天同慶的歡騰氣氛下，實在很難討論嚴肅的話題。

而且他們也明白兩情相悅的心情。

因此想專心地祝福並和言葉。

……因為書與讀者心意相通，變成人類，可不是一天到晚都會發生的奇蹟。

「讀美和朔夜也吃吧，蛋糕很好吃喔。」

並吃著徒爾分給大家的蛋糕，呼叫著他們。

看樣子，並已經整理好害臊的心情，恢復正常了。

一旁是變成人類後第一次接觸食物的言葉，正戒慎恐懼地看著蛋糕。

「可以吃嗎？」只見她一臉擔心的模樣。過去有過同樣經歷的朔夜邊吃蛋糕邊對她說：「放心，不會吃壞肚子。」他變成人類時，徒爾也烤了蛋糕為他慶祝。

「嗯……好好吃，充滿了幸福的味道。」

言葉吃下一口，笑容滿面地說。

或許還不確定該怎麼用言語形容有生以來第一次派上用場的味覺。

但「好好吃」確實就是所謂幸福的味道。

讀美也品嘗蛋糕，心裡想著「好幸福啊」。蛋糕固然美味，但今天這個瞬間，書店更是充滿幸福洋溢的感覺。

神明也認可這個人和這本書兩情相悅，所以賜予他們幸福的結局，與其說是生日快樂……

「怎麼了？瞧妳高興的樣子。」

讀美望著圍繞蛋糕的人和書，笑瞇雙眼，沒想到這一切都被朔夜看在眼底。

「沒什麼……只是覺得好像婚禮。」

讀美說出心中所想，朔夜笑著同意：「嗯，是很像。」

「啊，這麼說來。」

讀美想起一件事。

瞥了歡天喜地的空間一眼，讀美鑽進櫃臺，翻箱倒櫃地不知在找什麼東西，還好馬上就找到了。

朔夜跟上來，不解地問：「怎麼了？那是什麼？」

「這是言葉小姐缺失那頁的複製備份，我好想知道最後一幕寫了些什麼。書好像還沒完全乾，所以先看這個充數。」

讀美取出夾在資料夾裡的備份，開始閱讀。

言葉的本體是個旅行的故事。

主角窮盡一生在世界各地旅行，最後這頁描寫主角的生命走到盡頭時，主角回到旅程中發現，他認為最重要的地方。

主角選擇的人生充滿各式各樣的磨難，可是等在最後的，是讓人挑不出毛病，讓人感動萬分，只想打從心底祝福他的圓滿大結局——

「這就是並先生最喜歡的一幕嗎……」

「我瞧瞧。」朔夜像個好奇寶寶似地探頭探腦。

讀美遮住那一頁，不讓他看。

「你應該從頭看起，因為真的很好看！」

讀美說道，望向與並相視微笑的言葉。

選擇自己想走的路，最後回到並身邊，這個對她來說最重要的地方。

言葉就像本體描寫的故事主角本人。

讀美的視線再次落回那一頁。

相信作者一定會祝福現在的言葉。

就算沒有變成暢銷書，就算沒有被許多人閱讀，言葉這本書依舊遇見深愛她的讀者，願意回應她的深情。

這對創作者來說，應該是再幸福也不過的事。

終章·裏

回憶之秋

為了能一直愛著一本書，修補的技術相當重要。

如果是到處旅行的書，難免傷痕累累。儘管言葉小心翼翼地對待自己的本體，還是留下許多細小的傷痕，一如旅途上的眾多回憶。

或許並之所以學習修補的技術，就是為了有朝一日再見到言葉時能為她修補。如果真是這樣，或許是他這些年的努力喚醒了言葉的記憶。

……真相為何，只有神知道。

這次的事讓讀美更想從事修補書的工作。

不只幻本，也是為了世界上所有的書，還有它們的讀者。

「姊，我想成為修書人，所以可能不上大學了。」

從並和言葉的生日會回到家，讀美向英子宣布。

她已經沒辦法忍住不說了。

雖然還沒和並討論過，但無論結果為何，讀美都想選擇這條路，不對，是要選擇這條路。她的決心已經如此堅定。
大概是因為這樣。
「很好啊。」
坐在沙發上看書的英子只回了這麼一句。
姊姊答應得太過乾脆，害讀美一時半刻反應不過來。
「咦……可以嗎？」
「哪有什麼可不可以。」
「……我以為妳會反對。」
「這是妳思前想後，絞盡腦汁才想出來的答案不是嗎？既然如此，我反對也沒用吧。妳一旦進入這種狀態，八匹馬都拉不回來。」
「妳、妳還真了解我……」
「妳以為我們這麼多年姊妹是當假的嗎。」
英子一臉「被妳打敗」地微瞇著雙眼。
嘴角浮現一抹笑痕。
「既然妳已經決定了，就好好加油吧，我支持妳。不過話又說回來，有修書人這種職業嗎？
「妳找得到工作嗎？不上大學又是怎麼回事？」

贊成之後是接二連三的質問，讀美不由得苦笑。

不過她已經查過很多資料，也想過很多很多，所以這些問題她都能對答如流。讀美向英子描述自己未來想走的方向。

英子由始至終沒說過反對的話。

第二天，讀美又去桃源屋書店。

推開書店的門，言葉也加入了習以為常的陣容。

她站在宛如森林般的書架前，看起來就像一幅充滿藝術性的繪畫。直勾勾地盯著書架看的言葉立刻意識到讀美的視線。

「啊，讀美，妳來啦。」

言葉朝她招手，讀美也不由自主地笑著揮手。

即使變成人類也絲毫不減她的美貌，光是嫣然一笑，周圍就整個亮了起來。

「昨天謝謝妳。」

「不客氣。妳在做什麼？」

「我在看幻本，有好多啊！十年前還沒有這家書店，可見並這段時間多努力蒐集……」

「大概都是在尋找言葉小姐的旅途中遇到的。」
讀美不以為意地回答。
「欸？」言葉驚呼。「是嗎？為了找我……」
「怎麼？並先生沒告訴妳嗎？難不成我說了不該說的話……」
「那……我幫妳保密吧。」
言葉苦笑著羞澀建議，讀美二話不說地附和：「拜託妳了。」同時也在心裡向並道歉。
「對了，並先生呢？」
「出去了。妳找他有事嗎？」
「嗯，我想跟他商量出路的事。」
「對耶，讀美是高三生……我猜再等一下，並就會回來了。好像是因為我變成人類，有很多手續要辦。」
「原來如此……」
「當人類還真麻煩。全部丟給並處理，真是過意不去。」
「這種事就交給能者多勞吧。」
讀美想起朔夜那時也讓並幫了許多忙，像是每個人都要有的戶籍等等，包括徒爾在內，這已經是第三個，想必並也駕輕就熟了。聽朔夜透露過一點，好像是透過非常正式的手續，而非旁門左道。

與言葉東拉西扯的過程中，並回來了。

「我回來了。」

「並，歡迎回來。」

「哇……沒想到有一天能聽到言葉對我說這句話……」

活著真是太好了。並扶著牆壁，高興得全身顫抖。

瞧他那德行，言葉不禁苦笑。

「你也太誇張了……這不重要啦，讀美來了。」

「欸？哇哇哇！丟臉的模樣都被看到了……」

「好說好說，感謝二位讓我大飽眼福……」

「讀美說她想和你討論出路的事。」

言葉傾著頭反問讀美：「對吧？」讀美點頭如搗蒜。

「什麼事？我能幫上忙嗎？」

「其實是……我想成為修書人。」

「妳是指專門修復書的工作嗎？西方人稱之為『reliure』。」

「真的有這種職業嗎？」

「有啊。像是法國，具有重視書本的文化，所以有這項工作，也有很多

reliure的工作室。」

「原來如此……」

「為了讓書長命百歲……讀美說的大概就是這種職業吧？」

「是的。我也問過典子老師，她說你比較清楚。」

「這麼說倒也沒錯，我就是向從事這項工作的人學習修補的技術。」

「欸……真的嗎？」

讀美大驚，但也不覺得太意外。

並對補修技巧了解得如此透徹，顯然是經過高人指點……

「我只學到修補的皮毛。如果妳想成為修書人，去工作室一面工作一面學習的確是最快的方法。畢竟日本沒有reliure之類可以長期進修的學校。」

「請、請問，我可以在那家工作室工作嗎？」

「我可以幫妳問問看，不過那家工作室在很遠的地方喔。關東也有幾家工作室，但我比較熟的那家不在關東。一旦要去那家工作室工作，就必須離開幸魂市。」

「沒關係。」讀美推翻並的顧慮。「言葉小姐教會我，就算去了遠方，只要有緣，還是會回來。」

並與言葉面面相覷。

似乎被讀美說服了。

「嗯，好吧，我幫妳聯絡工作室那邊看看。」

「謝謝。」

「對了，妳跟朔夜提過這件事嗎？」

「我告訴他我可能不考大學了，但是關於工作室的事，我接下來才要說……」

並似乎想到什麼。

手放在腰上，一臉莫測高深地嘀咕：「這樣啊……」

「有什麼問題嗎？」

「嗯……現在說這些還太早，但是如果妳離開這裡，那傢伙大概會很失落、很寂寞吧。」

「會嗎……」

「可能還會搞破壞，不讓我幫妳聯絡工作室。」

「咦？」

「不過我想他應該沒那麼幼稚，那傢伙比我還成熟……那我就先問過工作室，再給妳答案。」

「好的，麻煩你了。對了，朔夜呢？」

「他好像不在家，至於什麼時候回來，我也不清楚。」
「那我打電話給他。」
正當讀美要出去打電話的時候。
發現芽衣和篤武躲在書架後面偷看。
兩人都露出有些依依不捨的表情。
「……讀美，妳要去很遠的地方啊。」
「這一切都還沒決定啦。」
「朔夜又要發瘋了。」
「篤武，就是因為你這麼說，朔夜才會生氣……」
「那個，如果妳真的要離開這裡，我們會很寂寞的。可是，妳要加油。要是妳覺得寂寞，也可以帶我去，多帶一本書並不會增加妳的負擔。再不然連豆太也一起帶去好了，豆太的體積可以放進口袋裡。」
芽衣說得煞有其事，讀美忍不住笑了。
如果只是芽衣和豆太，的確可以走到哪裡帶到哪裡。
「如果讀美要帶後輩走，那我就請朔夜帶我走。」
「請朔夜帶你走？什麼意思？」
「我應該派得上用場喔，因為朔夜正在……」

這時，門開了，朔夜走進來。
手裡還拿著皮包，顯然是剛從外面回來。
「……篤武，你剛才是不是正要多嘴。」
「咦？不可以多嘴嗎？」
「你就是這麼白目才討人厭……」
朔夜長嘆一聲，對篤武翻了翻白眼。
「啊，朔夜，你來得正好，我有話想跟你說。」
「那我們出去說吧，我也想跟妳繼續討論昨天的話題。」
「嗯，就這麼辦。」
讀美和朔夜一起離開書店。
昨天的雨就像沒下過，天空藍得望不見一片雲，再加上太陽就快下山，西邊天空的雲彩邊緣開始染上金黃色。
豎起耳朵，已經可以聽見秋蟲的鳴叫聲。
發現篤武正從書店的窗戶偷看，朔夜瞪了他一眼，背過身，往前走向門口，半路上在涼亭前停下腳步，似乎是決定在這裡說。
「所以呢……妳要跟我討論出路的事嗎？」
兩人坐下後，朔夜立刻進入正題。

稀微的陽光灑落在涼亭裡。

「嗯，我剛才請教過並先生，還沒完全決定……」

「妳昨天說妳可能不上大學了。」

「嗯，其實是……」

讀美告訴朔夜自己將來想當修書人，因此想去並認識的工作室上班。

「……原來如此，妳要就業啊。」

朔夜默默聽著，了然於心地喃喃自語。並料得沒錯，朔夜的側臉有點落寞。

「嗯，我一直在思考自己想做什麼，最後得出了這個結論。」

「這樣啊……就業啊……而且還要去遠方的工作室……」

「……你在想什麼？」

「沒什麼……我最近不是很忙嗎？」

「嗯，我很擔心你是不是出了什麼事……」

「我在念書。」

朔夜的回答引來讀美「念書？」的一聲驚呼。

朔夜難為情地望向遠方，向讀美解釋：

「十一月有個高中畢業同等學力的考試，一旦通過那個考試，我打算繼續考大學。因為時間緊迫，我還減少了打工的時間。」

「啊，原來是這麼回事……」

解釋起來很簡單，只是完全出乎讀美的意料之外，令她一時反應不過來。

朔夜直到去年夏天都還是本書，不曾受過義務教育。為了努力追上進度，會忙得不可開交也誠屬自然。光是要適應人類的生活就很辛苦了，讀美簡直佩服得五體投地。

……同時也覺得過意不去。

「因為你一直不肯告訴我你在忙什麼，我有點擔心，還以為你是不是討厭我了。」

「討厭妳？怎麼可能。」

「是我想太多了……」

「真的是……再說了，我明明想和妳一起上大學。」

「欸？真的嗎？」

「我想要是能和妳一起上大學，肯定很開心……」

朔夜害羞得臉紅脖子粗。

「……可是，既然妳已經選定人生的方向，我也會支持妳。就算不能一起上大學，我也會加油，不會輸給妳。」

朔夜輕撫讀美的頭。

就這麼摸了好一會兒，手一直在讀美頭上來來去去，臉上盡是滿足的神情。

讀美也忍不住瞇上眼睛，感覺好舒服。

「……好久沒這樣了。」

「我一直在忍耐，為了考試，不得不暫時戒掉讀美。」

「現在又還沒考試，不要緊嗎？」

「偶爾給自己一點獎勵也無妨吧。」

「是這樣說沒錯……朔夜。」

「什麼事？啊，難道妳不喜歡？」

「喜歡。」

朔夜的手突然停在半空中。

一動也不動，彷彿連眨眼和呼吸都靜止了。

就連說出這句話的讀美也差點無法呼吸。用盡全力深呼吸，然後一瞬也不瞬地注視著他的雙眼。

「我喜歡你。」

再一次，清楚明白地說出口。

「我一直用『可能喜歡你也說不定』這種含糊其詞的方式帶過，心想你可能沒把我當回事，搞到連我自己都不清楚自己到底在想什麼了……」

每說出一個字，心情就更苦澀一分。

這大概是因為她想毫不保留地讓對方知道自己的心意。

正因為毫不保留，坦誠相對的真心才會變得怯懦。之所以想哭，肯定也是因為這個緣故。

……儘管如此，她還是想說。

「我喜歡你。從去年夏天開始，一直……喜歡你。」

讀美「呼……」地吐出一口氣。

吐露心意的瞬間，不知道為什麼，胸口突然變得好空，費盡全力才忍住淚水。

「……我本來打算等決定好出路再告訴你。抱歉，突然這麼說你也很傷腦筋吧，不用給我答案。」

「我喜歡。」

還沒反應過來，讀美已被朔夜圈入懷中。

「我也從去年夏天就一直——一直喜歡妳！話說回來，這還需要什麼答案，我們早就在交往了不是嗎。」

朔夜扯著嗓門吶喊，讀美羞紅了臉，動彈不得，眨巴著雙眼。

「可、可是我還沒向你告白，你也沒說過喜歡我。」

「是沒說過，可是早在我變成人類的那一刻，就足以證明我們兩情相悅不是嗎。不，是我不好，這種事還是得好好說清楚，讓妳知道才行。」

朔夜抱得好緊，讀美也緊緊地擁抱回去。

「別這麼說，我也有錯……」

「我喜歡妳。」

「嗯，我也喜歡你。」

「我喜歡妳，真的很喜歡妳，超級喜歡，最喜歡妳了。」

「可、可以了……我已經知道了。」

讀美哭笑不得地抗議。

害羞得快要死掉了。

「無論妳去哪裡，做什麼，我都最喜歡妳了。」

朔夜在她耳邊低語。

言下之意彷彿是說，無論她去到多遠的地方，朔夜都會一直等著她，令讀美感動萬分。

所以就算分隔兩地，自己也一定會回到他身邊。讀美無法不這麼想。

「……一起加油吧。」

朔夜說道。兩人不約而同地放開對方。

「嗯，加油。」

讀美也用力點頭。

距離彼此各奔前程還有一段時間，在那之前要先相守……而且，就算彼此各奔前程，也要在各自的崗位上一起努力。

「對了，雖然時間還早，要不要一起過聖誕節？」

「欸，你不是忙著準備考試嗎？」

「這可是一年前就決定好的，妳該不會忘了我們的約定吧？」

「昨、昨天的慶生會，徒爾先生好像聖誕老公公啊……」

「別岔開話題。聖誕節可以一起過吧？我們是男女朋友，應該沒問題吧。」

「好……」讀美以幾乎聽不見的音量回答。她也跟朔夜一樣，從一年前就希望能跟他一起過聖誕節。

讀美的回答讓朔夜滿意地笑瞇了眼。

「不管妳走了多遠，都要回到我身邊喔。」

走出涼亭時，朔夜伸出手說道。

風輕輕地吹過。

「……嗯，你也是。」

讀美握住朔夜的手，走向落葉翩然飛舞的小徑。

即使秋風再寒冷，緊緊相握的手也很溫暖，讓身心得以安放。

朔夜就在眼前，望向小徑的盡頭，桃源屋書店也在視線範圍內。

自己接下來或許將離開最喜歡的人、最重要的地方，踏上漫長的旅途。

可是無論走在哪一條路上，讀美絕不會忘記手裡感受到的溫暖、心裡記得的回憶。

這麼一來，她一定能回到原點。

因為這裡是她的容身之處。

因為自己有可以回去的地方。

……所以，出發吧，用不著害怕。

◆
◆
◆

過去因爲背負著使命，無法留下。
但現在不一樣了。
我最終還是選擇那個地方
做爲這段漫漫長路的終點。
那是去到世界任何一個角落都無法得到的居所，
那裡有人在等我回去，
回去那個比任何地方都美好、溫暖、充滿幸福的地方。
那裡才是我窮盡一生旅行到最後，
找到名爲容身之處的桃花源。

——摘自千夜一夜著《旅行與我的故事》

國家圖書館出版品預行編目資料

神居書店：回憶之秋 / 三萩千夜著；緋華璃譯 . --
初版 . -- 臺北市：皇冠, 2019.09
面；　公分 . --（皇冠叢書；第 4790 種）(mild；
19)
譯自：神さまのいる書店：想い巡りあう秋
ISBN 978-957-33-3476-7(平裝)

861.57　　　　108013426

皇冠叢書第 4790 種
mild 19

神居書店

回憶之秋

神さまのいる書店 想い巡りあう秋

作　者—三萩千夜
譯　者—緋華璃
發 行 人—平　雲
出版發行—皇冠文化出版有限公司
台北市敦化北路 120 巷 50 號
電話◎ 02-27168888
郵撥帳號◎ 15261516 號
皇冠出版社（香港）有限公司
香港銅鑼灣道 180 號百樂商業中心
19 字樓 1903 室
電話◎ 2529-1778　傳真◎ 2527-0904
總 編 輯—許婷婷
美術設計—嚴昱琳
著作完成日期— 2018 年
初版一刷日期— 2019 年 9 月
初版二刷日期— 2024 年 1 月
法律顧問—王惠光律師

讀者服務傳真專線◎ 02-27150507
電腦編號◎ 562019
ISBN ◎ 978-957-33-3476-7
Printed in Taiwan
本書定價◎新台幣 260 元 / 港幣 87 元